如果颜色会说话

藏在穿衣用色里的小秘密

张沂清 著

江苏人民出版社

图书在版编目（CIP）数据

如果颜色会说话 ：藏在穿衣用色里的小秘密/张沂清著.--南京 ：江苏人民出版社，2024. 6. -- ISBN 978-7-214-29279-7

Ⅰ. Ⅰ267.1

中国国家版本馆CIP数据核字第2024M9D911号

书　　　　名	如果颜色会说话　藏在穿衣用色里的小秘密	
著　　　　者	张沂清	
项 目 策 划	高　申	
责 任 编 辑	刘　焱	
特 约 编 辑	高　申	
出 版 发 行	江苏人民出版社	
出 版 社 地 址	南京市湖南路1号A楼，邮编：210009	
总 　 经 　 销	天津凤凰空间文化传媒有限公司	
总 经 销 网 址	http://www.ifengspace.cn	
印　　　　刷	北京博海升彩色印刷有限公司	
开　　　　本	889 mm×1194 mm　1/32	
字　　　　数	112千字	
印　　　　张	7	
版　　　　次	2024年6月第1版　2024年6月第1次印刷	
标 准 书 号	ISBN 978-7-214-29279-7	
定　　　　价	79.80元	

（江苏人民出版社图书凡印装错误可向承印厂调换）

前言

关于成长

我一直认为成长从来不应该因为年龄的增长而停止，长大和成长永远不是对立的，成长也从来不应该局限于某个事物，只要是未曾经历的，多走一步都是一种成长。哪怕到了古稀之年，只要还保有接受新事物的心态，就一直会有学不完的东西和感悟，而新的觉悟永远是我们成长的源泉！

本书是关于穿衣打扮经验的分享。打扮不是一种感觉而是一门科学，它是完全有规律可循的，这是我急切想告诉大家的！在多年帮助他人打扮的职业生涯中，看到人们在打扮技能上受益成长，也遇到过太多让客户惊喜雀跃的案例，我很想将这些并没有被很多人知道的"打扮技巧"教给更多人。分享这件事是我一直想做的，而写一本由自己配插图的书也是我一直想要的，两者适时的碰撞便有了这本书的诞生！

书中文字和插图特地选用随笔的形式，我希望用一种轻松、易懂的方式与大家交流。关于穿衣打扮需要讲解的知识点有很多，本书主要为大家讲解色彩。色彩测试技术在顾问行当算是一个"重头戏"，书中为大家介绍的是十二色彩季型理论的测试方法，也是我工作中使用的测试方式。其中包括很多我在教学和辅导顾客期间提炼的训练方法和运用技巧，内容尽可能删繁就简，以通俗易懂的方式呈现给大家。其中很多方法是我个人对技术的理解和诠释，工作中大量的案例，已多次验证这些方法的有效性，希望可以给大家带来一些穿衣用色上的启发。同时也特别为本书设计了代表"深、浅、冷、暖、净、柔"外貌特征的小人儿插图，希望可以将内容通过画面生动地呈现给大家，也希望有了用色小人儿的陪伴，大家可以更加形象深入地了解穿衣打扮这门技术。

文字部分会从大家容易陷入的打扮误区聊起，为大家揭开不被太多人知晓的技术逻辑。书中设置了很多讲解如何提高用色打扮技能的章节，同时也为大家提供了很多锻炼色彩识别力的有效训练方法，整个阅读过程也许会让大家面对很多新知识，但是切忌急于求成！有时学会等待、知行合一也是我们成长中的一种修炼。阅读中遇到疑惑也不要焦虑，只要知道"打扮是有规律可循的"这一件事就已经是收获了，至于技术的疑问，每个人最终都会有拨云见日的那一天。这里建议大家对书中不理解的地方可以多阅读几次，你会发现不同时间段的阅读所得到的反馈是不一样的。

本书除了希望让更多人了解穿衣用色这门技术，还希望给大家一些技术上的提醒。在日常工作中常看到很多人应用专业技术时会犯照本宣科的毛病，这种一成不变的程式化运用是比较可怕的学习方式。对待技术我们更应该关注它底层的分类逻辑，案例对应元素的选择远比案例复刻的模仿来得重要，永远要将技术看作是正确方向的指引工具，而不该是样本和墨守成规的条款，更不要深陷"拿来主义"，一味盲目地生搬硬套。在正确的范围指引下寻找最适合的才是专业技术给我们最好的帮助，希望大家在阅读本书时对这个中心思想有一个很好的理解。还有很多初学者很容易陷入纠结测试结果对错的学习误区，更甚者还会纠结不同派系间的对错，这些都是不利于自身技术成长的。书中列举了很多可以协助大家建立灵活思维模式的训练方法，希望可以帮大家明白技术应用的对错是不能简单地靠测试答案来定夺的。每个人对技术的理解完全可以不一样，同派系不同人的技术分类标准认定也是可以不同的，不同派系同名称的内容所指更有可能是不同的，这些技术应用的精髓也很希望大家可以通过阅读本书领悟得到。如果你此刻能够领会上面这些话背后的含义，那恭喜你，你的水平距离熟练驾驭这门技术也不会太远了。当然你也可以完全忽略我告诉你的所有方法，建立属于你自己的体系标准，在穿衣打扮的行当中有效性的最好检验方式就是"好看"的结果，任何可以令人好看的方法都是可行的。但如果你还处在新手阶段，那还是建议在你还没能熟练使用技术前，先按照我教的方法开始练习，待你完全娴熟驾驭后再"抛弃"我的方法。

最后与大家共勉，无论何时何地我们都需要保持与当代时尚同频的审美力。技术中最不能传授的就是审美能力，顾问的高低差别有时就隐藏在那一丢丢的审美理解和那一点点的执行拿捏中。当然我们当下只需做最好的自己，努力让今天的自己比昨天的自己又成长了一些，这大概就是我们可以为自己做的最好的事情。

谨以此书献给所有正在努力寻找更好自己的人。让更多人可以受益于技术，是我最乐于看到的事情。希望阅读完本书的你们也可以分享给更多不知道这个"臭美"技术的人。愿每个人都可以感受到美丽的成长。打扮技能的成长绝对是一种妙不可言的体验，这就让我们一起来体验吧！

沂清

2022 年 12 月

色彩测试

问题 1： 下列哪种颜色是百搭色？

A 白色　　　B 黑色　　　C 红色　　　D 蓝色

问题 2： 下列哪种颜色的衣服穿着会显瘦？

A　　　　　B　　　　　C　　　　　D

问题 3： 下列哪种颜色更适合肤色较黑的人？

A　　　　　B　　　　　C　　　　　D

问题 4： 穿着不适合的颜色会让我们呈现下列哪种状态？

A　毛孔粗大、皮肤粗糙

B　过黑或过黄的肤色

C　过深的皱纹

D　以上都有可能出现

问题 5： 下列哪种情况会导致穿衣不好看？

A　肤色太黑

B　发色太浅

C　使用颜色不是当季流行色

D　发色、眼睛、肤色三者的色彩关系与衣服颜色基调不匹配

问题 6：下面关于穿衣用色的说法哪个是正确的?

A 我们适合的穿衣用色范围是由我们天生的眼珠颜色决定的

B 我们适合的穿衣用色范围是由我们天生的发色决定的

C 我们适合的穿衣用色范围是由我们的肤色决定的

D 我们适合的穿衣用色范围是由我们天生的发色、肤色和眼珠颜色三者之间形成的色彩关系决定的

问题 7：下列哪种颜色明度最高?

A   B   C   D

问题 8：绿色可以分解为下列哪两种颜色?

A   B   C   D

问题 9：下列哪种颜色是黄色的补色?

A   B   C   D

问题 10：下列哪种颜色是暖色调?

A   B   C   D

问题 11：下列哪种颜色与组合的整体色调是一致的?

A　　　　B　　　　C　　　　D

问题 12：下列哪组红配绿组合更出彩?

A　　　　B　　　　C　　　　D

问题 13：下列哪种颜色是有"镇静感"的?

A　　　　B　　　　C　　　　D

问题 14：下列哪种颜色是有"兴奋感"的?

A　　　　B　　　　C　　　　D

问题 15：下列哪种颜色更适用于职场穿着?

A　　　　B　　　　C　　　　D

答案

部分关于色彩感知方面的测试题没有为大家设置固定的标准答案，大家可以通过答案解说来了解自己目前在色彩方面的认知水平，其中需要答疑解惑的相关部分知识点可以在推荐的章节中阅读学习。

问题1

本题选白色与黑色为百搭色的人肯定很多，如果你也选择了这两个答案，相信第一章里的小故事可以带给你不一样的色彩认知；如果你也和配色高手一样认为任意色都可以是百搭色的话，那很高兴你在配色技巧上已有了一定的学习成效，非常推荐你仔细阅读本书的第二章，相信其中人与色彩的匹配技术会为你的搭配注入新鲜血液！

问题2

本题你是否也选择了黑色？"黑色显瘦"的说法不能说是不对的，但也不能说是完全对的！色彩的多种特性有着多重的情感表达，会随着场景的变化而变化，想知道本题的答案就快去阅读本书第一章吧！

问题3

本题选哪个答案都是对的，看到这种说法也许你会惊讶！这也正是我想告诉大家的，很多时候大家可能更认可亮色是较黑肤色的绝配，但事实未必如此。较黑的肤色也会有类型区分，不同的类型适合的颜色也是截然不同的，也许你都无法想象其中有种类型的肤色竟然可以适合柔美的浅色！如果你也有以上的想法，那快去书中第一章寻找真相；至于其类别的奥秘，阅读完第二章，答案自有分晓！

问题4：D

很多时候人们遇到穿衣用色呈现的状态不好时，很容易会先嫌弃自己的长相，却不知其实穿了不适合的颜色会加重脸部瑕疵对我们状态的影响，相反适合的颜色是可以弱化脸部瑕疵的！相信很多人会对此产生好奇，那就快去书中第二章寻找更多答案吧！

问题5：D

单一的肤色和发色不足以影响我们整体的穿衣用色状态，流行色也并非适合所有人，穿衣用色好看依仗合适的用色范畴，而用色范畴的合适程度需要依仗匹配发色、肤色和眼睛颜色三者呈现的色彩关系，对这方面的知识还有很多人并不熟知，在书中第二章可以找到更多相关内容解析！

问题6：D

每个人都有适合自己的穿衣用色范畴，这个适合范畴是由我们天生的头发、皮肤和眼睛三者形成的固有色特征决定的，其中奥秘快去书中第二章揭晓吧！

问题7：C

浅黄色是选项中明度最高的颜色，如果没有快速找对，那就说明你需要加强色彩基础知识啦！色彩基础知识是配色的基石，要想配色出彩离不开色彩的基础知识，快去阅读本书的第三章补充相关知识吧！

问题8：B

绿色是间色，它是由蓝色和黄色合成的，知道间色是如何形成的可以协助我们更好地寻找配色搭子。如果你还不知道什么是"间色"，那就快去本书的第三章寻求答案吧！

问题9：B

黄色的补色是紫色，补色和间色一样属于色彩"家族"中非常重要的成员，它们是色相环的基石。学习色彩从了解它们开始，如果这里还不能脱口而出补色成员，那就要去本书第三章补足色彩基础知识功课啦！

问题10：B

暖色调和暖色是两个完全不一样的概念，橙红色是选项中唯一暖色调的颜色，穿衣用色中运用得更多的是颜色的色调特性，厘清冷暖色调的划分等于开启了穿衣用色的正确导航。如果此处的知识点还模糊不清，那就去书中第四章找解决答案吧！

问题11：D

组合的整体色调是冷色调，D 是选项里唯一冷色调的颜色。要想配色好看离不开配色技巧，更多配色技巧快去本书第四章获取吧！

问题12

本题是关于色感的测试，如果你选择了 A 或 D，那么恭喜你，你的色感优秀！假如你选择了 B 或 C，色感虽没有非常敏锐也没有关系，相信书中第四章的配色技巧一定可以帮到你！

问题13：B

每种颜色都有自己的情感表达，通常蓝色会给人镇静感。更多颜色情感意义的解析尽在书中第五章揭晓。

问题14：C

暖色红色容易令人激动和兴奋，熟悉颜色特性可以帮助我们正确使用颜色。想要让颜色的表达力更好地为我们所用，快去阅读本书第五章获取更多颜色表达特性吧！

问题15：D

每种颜色都有各自适合的应用场景，用对的颜色去对的地方是我们日常生活需要特别注意的。更多关于颜色应用的解读，快去本书第五章寻找吧！

目录

01 穿衣用色
你以为的那些事儿

02 穿衣用色
你不知道的那些事儿

03 穿衣用色
你应该知道的那些事儿

色彩的基础知识

色彩的隐蔽力量

色彩感知的秘密

04 穿衣用色
顾问不会告诉你的那些事儿

05 穿衣用色
场景的那些事儿

快问快答

后记

疑惑? 不解?
正确认知，从觉察开始！

01

穿衣用色

你以为的那些事儿

你的"以为"是对的吗？

白色是万能的？

"白色是万能的"，你也是这样认为的吗？其实，一些没有深入研究人与色彩关系的业内人士也这样认为。记得在一个明媚的周末午后，我开着车悠闲地行驶在绿树成荫的马路上，收音机里播放着一段采访，里面的对话让我突然产生了一丝丝的焦虑，因为那位被采访的搭配师侃侃而谈："每个人最好都要常备白色的搭配单品，比如白色的帽子，白色的皮带，白色的包包，白色的裤子……白色比较好搭配嘛！"听起来没什么问题的搭配指南，却隐藏着一个漏洞——白色是万能的吗？这让我意识到，真的还有很多人不了解穿衣用色的奥秘。

白色是万能的吗？

首先，就色彩搭配来说，白色和很多颜色搭配起来确实都不会太难看，这是因为它本身没有饱和度这一色彩特质，因为空白所以随意，但是从搭配出彩的层面上来讲，白色搭配饱和度高的颜色才会更好看，我们会在后面配色章节展开讲解。

其次，论人穿衣用色，每个人穿衣好看是有一套科学的个人用色规律可循的，根据自己天生的容貌特质，每个人都有可以让自己穿衣好看的专属用色范畴，比如深色型人是不能把白色作为常备色的，他们需要回避大面积的浅色，这种情况下，白色的功能往往要用灰色来代替才能达到更好看的效果；而暖色型人要用以黄色为基调的米白色系才会更好看，纯白色就不是其最好的选择。因此，白色的"万能性"不是针对所有人，"白色是万能的"这一说法也就站不住脚了。

一种颜色是不可能让所有人都好看的，这个道理希望大家知晓！白色也绝对不是万能的！

大面积的白色让我看上去很奇怪，貌似没有身体只有头！

白色的"万能性"并非适用于所有人，深色型人就需要回避大量浅色的搭配！

敲黑板

穿黑白灰永远不出错？

现在就打开你的衣柜，看看是彩色的衣服多，还是黑白灰的衣服占据了衣柜的半壁江山？每当企业团体课上我提问 "什么颜色的衣服最多"时，得到最多的答案就是"黑白灰"，而且大家普遍都会认为："不想出错的时候，穿黑白灰准没错！"而事实真是这样吗？

让我们先来探讨一下，黑白灰三色没有饱和度，日常也习惯称呼它们为中性色，其个性比彩色"随和"，不显眼的特性让大家在心理上都觉得它们比较容易接受，但这些"不起眼"的黑白灰给人们的穿着带来的视觉影响，往往不被了解。黑色会让浅色型人看上去老至少几岁；白色会让深色型人看着很像大头娃娃，显得头重脚轻；常规意义上的灰色更适合冷色调的人穿，而会让暖色调的人面如土色，米灰才是暖色调人在灰色系列中的最佳选择。

天哪！原来穿黑白灰也是会出错的！

除黑白灰各自的单色呈现会给人带来不同的影响外，改变它们之间的搭配比例也会给人带来不一样的变化。当搭配组合中黑多白少，黑色就会成为主色调，形成的深色组合更适合深色型人；当搭配组合中黑白比例对半，两色势力相当，就会呈现出比较强烈的对比关系，这样的搭配则更适合净色型人，其中净暖型人更适合白色偏多的组合，而净冷型人则更适合黑色偏多的组合。但是这种强烈的黑白对比搭配会让柔色型人显得非常没有气质。

深色型人 ✓

浅色型人 ✓

净色型人 ✓

即使你对上面说的类型还不了解，也大可不必焦虑，后面会为大家设立一个独立的章节来讲解。现在大家只要明确：没有一种颜色是永远不出错的！黑白灰也不例外！不同颜色以及它们的不同搭配组合，都需要适合的人穿，穿对才会好看，"穿黑白灰永远不出错"这种说法是不对的！

不同比例的黑白灰组合，适合的人群是截然不同的！

敲黑板

肤色偏黄的人一定不能穿黄色?

来咨询的客户十有八九都抱怨自己皮肤黄!那么"黄皮"(偏黄的肤色)是不是一定不能穿黄色呢?

这一问题让我想起了多年前的一位客户。细雨绵绵的一天,客户如约而至,是一位很优雅的女士,齐耳短发,全身一袭黑色,轻薄的披肩和飘逸的长裙,走起路来衣裙摇曳,一起一伏的节奏,呼应着轻柔的步伐。美好的画面中,她那暗沉的脸色显得尤为突兀,受过职业训练的我一看便知,这种暗沉感是穿衣用色不当带来的。

色彩诊断的结果如我预测,她是暖色型人,这种类型的人非常适合穿黄底调的颜色,她拿着黄色的测试色布,在镜前比画来比画去,喃喃自语:"天哪!我一直以为自己皮肤比较暗黄,所以从来不敢去穿黄色,就怕把自己的肤色衬得更黄。没想到穿黄色竟然这么好看,肤色竟可以显得这样白,看上去还可以这么嫩!原来是一直没穿对,真的白活了60年!"

哇!原来"黄皮"也是可以穿黄色哒!

她连连感慨，已不用我这顾问再多说什么了。眼见为实！我对工作中这种由衷的感叹也见怪不怪了。以为自己不适合而从来都不曾尝试的人很多，因不了解而错过的案例比比皆是。

生活中，我们对某些事物的常态认知还是有一定局限性的，比如对于肤色的认知，我们经常会关注自己白不白，关注范围也仅局限在自己或自己身边的人，对更多的人群是缺乏关注和了解的，对于自己的肤色到底处于人群中的什么位置了解得也不够准确，只能用自己的潜意识来下定论，这样往往会产生一些误区。那些常常抱怨自己肤色黑、黄、暗的人，在我眼里顶多算是众多肤色中的中等肤色，有些甚至还在偏白的队列里，并没有达到他们所抱怨的程度。而且对于选择颜色这一问题，也不是只看肤色这一单一标准的；对于不喜欢的颜色，人们也经常武断地放弃尝试，大多数人普遍缺乏专业的选色思维，因此丧失了很多见证自己好状态的机会。

大家从现在要开始明白：专业的穿衣选色是要分析自己整体的固有色特征关系，千万不要再单纯地看自己皮肤的黑与白，要知道肤色偏黄的人也是可以穿黄色的！多尝试不失为发现自我的一个好方法！

肤色不是穿衣选色的唯一依据，"肤色偏黄的人一定不能穿黄色"是个伪命题！

敲黑板

肤色较黑的人穿跳色才显白？

除了备受嫌弃的"黄皮"，经常被点名数落的就是"黑皮"（较黑的肤色）了。同样肤色较黑的我，深知肤色较黑的人不会穿搭的痛，由于较黑的肤色对很多颜色的适配度确实不如较白的肤色高，这类人随便穿就能好看的概率比较低，再加上大家对较白的肤色之推崇，还有对"一白遮百丑"的鼓吹，一味地追求显白成为很多肤色较黑人士的头等大事。更有很多人认为肤色较黑的人要穿一些跳色才会反衬出肤色，似乎只有看到脸和色彩的反差才叫显白。

坑人！是谁说"黑皮"要穿跳色？这脸色黑得完全不能看！

现实中，跳色并不是肤色较黑的人的救命稻草，相反，跳色对很多类型的较黑肤色并不友好，例如浅色型人里的肤色较黑人士穿了跳色就是翻车现场，一定会显得土气，反倒是穿和肤色反差很大的浅色才会显白；如果是肤色较黑的暖色型人穿了跳色，大多皮肤会显得厚腻，而他们肤如凝脂的状态需要暖色调颜色的衬托才可以实现，"好看的古铜色"也是肤色较黑的人穿对颜色后才会拥有的状态。

只有穿着适合自己的颜色，才能达到自己最好看的状态。任何肤色遇到不适合的颜色，也都会呈现各自不佳的状态！即使是肤色白皙的人，穿了不合适的颜色，也一样会显黑！这也许就是人和色彩关系的奇妙之处吧！

要好看的状态就需要穿适合自己的颜色！

敲黑板

红配绿 = 土气?

提到红配绿，大家的脑海中是不是立刻浮现出"土气"二字？哪里需要哗众取宠的"土气"，哪里就会有"红绿CP（搭配）"的助力。穿绿西装打红领带的小品演员，穿绿色背带裤配大红鼻头的马戏团小丑，都有赖于红配绿的土气特效，俗语说 "红配绿，赛狗屁"，其大意为"红色配绿色，什么都不是"，形容很土。看来人们对红绿配的土气印象是根深蒂固的。

我在这里要为红配绿平反，其实红配绿可以很好看！相信没有人会觉得圣诞红和圣诞绿的配色土气吧！色彩搭配的好坏，完全依仗我们运用色彩属性的能力。通常不好看的搭配组合，两色属性间一定会有相冲之处，属性越接近，搭配好看的概率越高，风马牛不相及的两种颜色搭配在一起，好看的概率极低，说句玩笑话：土气的红配绿效果，也是需要色彩搭配技巧的，否则哪里有本事营造这土气的效果呢？

关于色彩搭配的技巧在后面章节会为大家讲解，在这里大家只需要知道，所有不好看的搭配效果都是因为选择不当，对的"队友"很重要。

配色选对搭档自然会有好的搭配效果！

敲黑板

看来，红配绿也可以很好看！

11

夏天穿深色还是穿浅色?

夏天穿浅色?

"夏天要穿浅色才凉快!"几乎所有人都是这样认为的吧!

先不讨论这种说法的对错,来聊聊这个认知是怎么传下来的吧!那就是关于"吸热"这个概念,深色吸收热量的能力比较强,在阳光下,浅色会比深色吸热少一些,因此认为夏天穿浅色比深色凉快的老话就这样传下来了。

但也有研究表明：浅色吸热的耐力并不是很强，抵御不了很长时间的紫外线，长时间的暴晒下深色会比浅色更有耐力。虽然深色相对浅色吸收热量会多一些，但热量可以在衣服里形成空气对流，我们的汗液和部分热量可以得到很好的散发，当体温比外面温度高时，皮肤会向外散热，那深色造就的散热器功效就可以显现了，所以在长时间的阳光暴晒或者高温下，深色会比浅色还凉快一些。

明白了这个科学道理，浅色就不再是夏天的唯一选择了。

呃，好像是……

我比你有耐力！

这里大家要知道，无论是哪个季节，穿可以让自己好看的颜色最重要！穿适合的颜色才最美！

敲黑板

那些年，我们一起乱穿的颜色

穿上正式灰去相亲，他说再见

人生中有几件大事，相亲也算其中之一。不少顾客为了在相亲时能有好的面貌而来寻求帮助。还记得工作室装修后的第一位顾客，她是一个乖巧且羞涩的女孩，整个过程中都是问一句答一句，我这个"高冷"人士为活跃气氛也算个性全无，为了打破沉默的局面，努力尝试着找各种话题让她多说几句。就在陪她买衣服时，这凝固的气氛终于被她的笑声打破了，她兴奋得像换了一个人，手舞足蹈地和我絮叨起来："姐姐，穿这件衣服实在太好看了！我从来没有这么好看过，平时也不太会穿衣服。我相亲特地穿了一件灰色的衣服，想显得正式一点，结果男方和我说话没超过10句，见面不到半小时就先走了。后来听介绍阿姨说，男方觉得我太严肃，看上去有点显老……"

她说的相亲场面，我一点也不惊讶，太多人因为错误的场合用色而耽误了自己。灰色确实显得正式，但同样也会有距离感，用在相亲场合就不太合适。这种场合应该选择亲和力强的颜色，再加上女孩是暖亮型人，灰色恰恰是她应该回避的颜色，因为这个颜色会使她看起来肤质松弛，肤色暗沉。男方说的"显老"，肯定也是这错穿的灰色生的是非。相信这次相亲失败的教训会让女孩受益匪浅，再见也是为了遇见未来更好的自己！

15

谁能想到，我竟系了黄色领带去面试

　　欧阳先生是我众多客户中的一位，他曾和我说过这样一则趣事。当年他刚毕业去面试，手忙脚乱地拼凑了一套面试的行头。乍出校门囊中羞涩，领带的费用算是巨资了，为了省钱，就用合唱团演出的黄色领带凑了数。他就这样戴着黄色的领带，去了面试的考场。他回忆说："当年应聘时还好我技术能力强，老板也没有以貌取人，否则真的会被这黄领带误了前程。"老板事后和他玩笑说，初见他戴着黄领带可笑的样子，觉得他定是个浮躁的小伙子，幸好他上交的策划案很有水平，才幸免于难，没有被淘汰。客户这后知后觉的感叹，如今已成为他有趣的回忆。

原来人家是这样哒！

看了欧阳先生的例子，是不是有似曾相识的感觉，是否很像刚毕业的你？谁曾经不是个无知的少年呢？面试是一个强调严谨和严肃的场合，特别是男士着装，更需要回避过多花哨的细节，黄色的色彩语言中有一项就是幼稚、年轻，用在面试场合就很不恰当，当然面试的如果是设计类、艺术类等需要彰显性格的工作时尚且可用，其他大多数比较常规的职业类型，还是建议选用一些蓝色、灰色等职业色来确保万无一失。当年欧阳先生也算是有惊无险地度过了那些懵懂无知的少年时代。

黄色领带更适合商务休闲场合佩戴，正式应聘需要回避哦！

敲黑板

穿大红裙参加婚礼，被误认为新娘的我无言以对

　　出现这种撞色的情况我也爱莫能助，错误既然发生了，能做的事就只有别让同样的错误出现第二次。当接到婚宴请帖时，第一时间迸发出的念想，莫过于"需要准备多少礼金"和"穿什么"。很多人第一时间会想到大红色，也许大红色与喜庆的场面联系过于紧密，以至于面对喜宴，很多人都情不自禁地想到它，总觉得喜庆的场面大红色一定不能缺席。这里不得不再次提到穿衣场合用色的重要性，什么场合应该穿着什么颜色，早就有着不成文的规定。婚礼当日大红色一定是新郎新娘主人家的颜色，作为宾客的我们还是暂且放弃大红色，把它留给婚礼的主人公吧！

表达欢喜气氛的颜色不只有大红色，我们完全可以找来大红色的"七大姑八大姨"——粉红、玫红、桃红等，这些颜色都是很好的选择，还有表达欢快的黄色、橘色、黄绿色也是能很好表达祝福的颜色。如果想低调出席，米色、卡其色、咖啡色、浅灰等也是很不错的选择。大家还可以尝试香槟色和浅金色，很多时候金属色淡淡的闪烁也会为隆重气氛添色。颜色在场合中有着至关重要的作用，后面章节我们再来深入探讨。

穿了黑色想显瘦，男朋友却问我是不是又重了

　　每种颜色都有各自的色彩语言，它们无声无息地表达着各自的情感，它们的象征意义有着多样性和多面性，不同的人对于同一种颜色也会有不一样的解读。这一切都源于我们对颜色的联想，正如她和她的男友，一个想显瘦，一个觉得重，这里没有谁对谁错，有的是一个美丽的误会。

黑色总显瘦了吧！

5磅？

10磅？

20磅？

30磅？

　　以黑色为首的深色，在视觉上确实比浅色更有收敛的效果，所以经常被用在显瘦的场景中，黑色显瘦也是大家常规的认知。但是深色的视觉增重感却往往被人们忽略，黑色作为深色的"老大哥"更无法逃避显重这个问题。

关于黑色显重的课题，我们在团体课上做过无数次试验。试验以游戏形式进行：我们会事先准备两个大小一致的空盒子，特地将盒子的颜色区分为黑色和白色，然后让大家猜哪个盒子重，其中 98% 的人都猜黑盒子重，2% 的人说白盒子重。试验结果证明，大家对于黑色分量感的感受是充分的。最后得知，小部分人说白盒子重的最终缘由，也并非是视觉上觉得白盒子重，而是他们投机取巧地用了推导小伎俩，浅色的视觉膨胀感让他们觉得白色盒子大，从而推测大盒子肯定装的东西要比小盒子多，东西多肯定更重的想法让他们把票投给了白盒子。无论什么答案，大家的视觉感受都是没错的！

掐指一算，怎么也得重了 30 磅吧？

要懂我哦！否则重给你看！

深色有收缩感和重量感，浅色有膨胀感和轻快感，对于两个颜色不同、重量相同的盒子来说，大家的答案都是被自己的眼睛和联想主导了。男朋友的眼睛没有错，她穿了黑色，确实显重；女朋友的初衷也没有错，黑色确实有收缩功效，但最后事与愿违，最终问题还是出在没有运用好色彩上，只有全面了解色彩的情感意义，才可以让色彩精准地为我们表达心声。

探索！秘密？
打扮是一门科学，从来就不是一种感觉！

02

穿衣用色
你不知道的那些事儿

藏在长相里的用色规律

让我们穿衣好看的个人色彩分析

你可曾想过，为什么同一种颜色由不同的人穿着，会呈现出不一样的状态呢？为什么有些颜色让人精神百倍，而有些颜色会让气质荡然无存？又是什么原因使得有些颜色会显得人肤质通透，而有些颜色却让人看起来肤色晦暗呢？

这一切都源于颜色的反光，衣服颜色的反射光影响着每个人脸部的状态，我们好看和不好看的状态，是不同颜色在脸部的不同反衬效果。事实证明，人在与之不匹配的颜色衬托下，长相的缺点会被放大；而当人穿适合的颜色时就会展现出最佳的面部状态。针对这种现象，专业人士研究出一些具有代表性的色彩组合，用这些色彩组合给人们做色彩比对，利用面部好坏状态的优选排除法，推导出每个人对各种色彩的适用度，从而让不同的人都可以迅速找到各自可以穿得好看的颜色，这种色彩比对的方法在行业中被称为个人色彩测试。

为了便于人们复制操作，每类人适用色彩的分类是有一定规律的，色彩测试结果同类型的人都会得到与该类型对应的同一色彩组合。那么这里问题就产生了，就算是色彩测试结果为相同类型的人，长相也大相径庭，所以针对这个问题，更专业的机构还会提供再细分的服务。继色彩测试后，还会区分色彩组合中每个颜色的个体适用度，也就是说，具备同样用色规律的人，也许会适用共同的色彩群体，但会有截然不同的颜色个体适用等级。由于个体的差异，穿着应用也会有截然不同的方法，行业内将这种再次细分色彩适用度的过程称为个人色彩分析。如果说色彩测试是让大家找到适合的颜色群体，那么色彩分析则可以让每个个体找到各自最好的颜色，它是可以让我们快速有效把衣服穿好看的利器。

嘛哩嘛哩哄……我想知道我穿什么颜色好看?

这个问题需要通过专业的色彩测试来解决,要用专用色布来进行比对,问水晶球没用……

皱纹？双下巴？斑？——不适合的颜色闯的祸

个人色彩分析告诉我们，不适合的颜色是脸部瑕疵被放大"特效"的罪魁祸首，那么穿错了颜色到底会给我们带来什么不好的视觉效果呢？这就随我来看个究竟。

先说皮肤状态，皮肤肤质的好坏取决于脸上瑕疵的多少，不适合的颜色会让皱纹、痘痘的痕迹看起来更加明显——加深皱纹沟渠感，加重痘痘的凸起效果，立体的"造型"让你无法忽略它们的存在。不适合的颜色还会加重颜色的视觉色度，黑眼圈和色斑首当其冲，它们会无处隐藏。不适合的颜色还会让整体肤色显得暗沉，甚至会让肤质显得厚腻且松弛。

不适合的颜色除了会让皮肤的视觉状态变差，还会影响我们五官轮廓的视觉状态。很神奇的是，它完全有可能让五官的轮廓与好看状态背道而驰——肉肉脸往往显得更大，下巴边缘感也从此消失；棱角尖锐骨感的脸往往会看上去更加锋利；越不想凸起的颧骨就越发明显——总之不适合的颜色，可以让你脸部的一切都走向不好的视觉状态。

不适合的颜色不会放过任何它可以映射到的地方，可能导致整个头面部的平衡感和色重感产生视觉上的不平衡，有些人会显得头重脚轻，有些人会显得头轻身重，整个人的精神气质也会被它影响得时而土气、时而俗气、时而老气、时而无生气。不适合的颜色给我们带来的残局，只能由适合的颜色来拯救，它们甚至有淡化斑点、弱化皱纹、修正五官轮廓的作用，从而让肤色好看，使肤质显得通透细腻，不土气不老气。适合的颜色可以提升整体气质，可以将残局力挽狂澜。这里大家需要明确：穿合适的颜色是我们穿衣好看的必要条件。

不适合的颜色会放大我们的瑕疵，虽然每个人反映出来的状态和程度会有所不同，但用了不合适的颜色最终都会变丑的结果是一样的！

敲黑板

头发、眼睛、皮肤——穿衣用色的密码

说到现在，相信你对色彩测试越来越好奇了吧？它是如何区分我们每个不同个体的呢？其实密码早就暗藏在我们天生的长相中，每个人的头发、眼睛、皮肤都会呈现出各自天然的色彩状态。你会发现人们其实有着很不一样的色彩特征，或黑或棕或褐色的虹膜，带蓝底调或带黄底调的眼白，偏黑、偏黄、偏白的皮肤，或乌黑或咖啡色或浅亚麻色的头发，它们三者形成的色彩关系，在行业内通常会被分为深、浅、冷、暖、净、柔六种色彩关系，就是这几种色彩关系决定了每个人适用的颜色范畴，知晓其中的奥秘，也就开启了穿衣用色的捷径。

研究证明，与人自身固有色特征具备相同特性的色彩组合是最适合的颜色，最好看的穿衣状态也是这些高匹配颜色映衬的结果。简单来说就是，如果固有色特征是"深"的人群，想好看就需要穿浓墨重彩的深色；如果固有色特征是"浅"的人群，想好看就需要穿清浅淡雅的浅色。以此类推其他色彩关系的人群，"冷"要对应具有"冷"的特点的颜色，"暖"要对应具有"暖"的特点的颜色，"净"和"柔"的人群就要分别对应具备"净"和"柔"的特点的颜色。

我们必须找到符合各自色彩特性的颜色才可以有最好看的用色状态。这里需要大家知晓，我们穿衣用色是有规律可循的，解读密码就是我们头发、眼睛、皮肤三者的色彩关系。

我们应该属于哪类呀？

哈哈！卖个关子！你们的归属在本章第四节揭晓答案哦！

敲黑板

形象不是设计出来的 ——专业色彩测试方法

　　如何破译密码？这里就需要专业的测试方法啦！让我们一起来看看色彩测试是如何进行的。每个人都有属于自己的用色规律，前面提到，每个人天生的固有色，早就预示了我们各自的用色范围，色彩测试的过程可以简单理解为类似体检的过程，通过对颜色每项特性的检测，我们可以清晰地了解自己对各种颜色的适用度。当然不同的派系，测试步骤和方法会有所不同，这里阐述的是十二季的色彩测试方法，一般会分两到三个步骤进行。第一步：先确定用色主基调，主基调分为深、浅、冷、暖、净、柔六大类，它可以圈出适合我们的用色范围。第二步：细分用色倾向，比如主基调同为深色型的人也会有不同的用色倾向，细分时会将更适合冷色调用色的人划为深冷型，将更适合暖色调用色的人划为深暖型。较严谨的专业机构往往在上两步完毕后再进行二次细分，主要针对测试中未细分过的色彩特性做最后的适用度筛选。深色型的二次细分是针对色彩饱和度，会再次缩小适合的色彩范围，便于大家更好地靶向定位自己穿起来最好看的颜色。

　　很多时候你也许会发现测试结果和想象的很不一样。肤色较黑的人也许是浅色型人，拥有雪白肌肤的人竟然是深色型人，顶着蜡黄脸的人也可以是冷色型人。固有色并不是大家单纯对字面意思的想象，这里千万不要仅凭几句话的描述去揣测自己的色彩类型，非专业的字面猜测与测试事实标准的认定还是有着很大差距的。在色彩测试中，对于人的分类是根据眼睛、头发、皮肤三者间形成的色彩关系来判定的，有别于单纯看肤色、发色的深浅程度。对于类型的专业鉴别，有着一套严谨的测试方法，并且是经过长时间验证优化使用的过程，操作者也需要经过专业培训才可以掌握。现在大家也许会明白为何说形象不是设计出来的，毕竟色彩适用度不是凭空想象就可以得出准确结果的。

　　关于复杂的测试步骤大家不需要犯愁，只需要知道色彩测试存在的意义，并清楚它可以为我们带来穿衣用色的快捷便利即可。每种类型的人都会有对应的色卡，适合的颜色都会在色卡中清晰罗列。让人们迅速便利地找到最好看的状态本就是色彩测试的初衷，大家直接对照色卡使用即可。

第一步　　　　过滤　　　　主基调

第二步　　　　过滤　　　　用色倾向

第三步　　　　过滤　　　　用色倾向

筛选出　　　　　　　　　　适合的颜色

简单理解专业色彩测试的话，就是将最适合你的颜色过滤出来，过滤条件是你对色彩不同特性的适用度，过滤次数越多得出的用色范围越小，就越接近最适合你的颜色。

敲黑板

你是什么类型的人？

深色型人

看到这里，相信大家已经跃跃欲试，是不是都想快点看看自己到底是什么类型的人？每种色彩关系的形成，在脸上都是有迹可循的，皮肤、眼睛、头发的状态无不透露着蛛丝马迹，甚至有时眉毛也会作为观察标的。对固有色特征色彩关系的正确认知，是正确认识自己色彩类型的开始。

这就来看看各种类型人的面貌特点吧！这里要知晓，下面所述面部特征并不是类型分辨的唯一依据，只是将比较突出的特点为大家描述出初步印象。所描述的特征或许是单项存在，又或许是多项共同存在，只是阐述同类型人的那些共性，所以不要刻板对照面部特征而妄下定论。

说到深色型人总让我想起蜡笔小新，他的人物形象就很符合深色型人的特点，黑黑的眉毛，黑黑的头发，黑黑的眼睛，头面部有着非常浓重深厚的视觉感，至于是不是肤色较黑，并不是判定为深色型人的必要条件，任何类型的人都有可能是。如前所述，皮肤这个单项是无法决定类型属性的，最终还是要看皮肤、眼睛、头发三者形成的色彩关系，深色型人最重要的特征是有强烈的深重感。

面部特征：

· **脸部整体：呈浓重、深厚之感**

· **头发：棕黑色至乌黑色，头发乌黑浓密的居多**

· **眼睛：虹膜颜色呈深棕褐至乌黑色的居多**

· **眉毛：浓重且偏深色的居多**

深色型人想好看，选颜色必须是浓墨重彩的深色。全身浅色的穿着，会让深色型人看起来像一个隐身的"大头娃娃"，气质消失是瞬间的事儿。

深色型人分为深暖型人和深冷型人

整体：色重感强烈

发色：深浅适中至深色

眼睛：虹膜颜色偏深的居多

适合颜色：浓墨重彩

浅色型人

浅色型人最容易有出乎意料的测试结果，因为很少有人会将浅色和较黑的肤色联想在一起。每当有浅色型却肤色较黑的案例出现时，无论是学生还是客户都会惊讶到怀疑人生，无法相信皮肤如此黑的人竟然适合穿浅淡颜色的衣服。但是当暗沉的肌肤被浅色魔术般衬托得白皙光滑时，又总是让他们惊呼大开眼界。浅色型人头面部整体没有很突出的色感，黑就黑在一个水平线上，白就白得非常接近，不分明、缺乏对比，肤色较黑的浅色型人经常会顶着一张"脏脏"的脸出现，日常很难摆脱灰蒙蒙的脸色，因为连他们自己也不会想到较黑的肤色并不适合穿黑色的衣服，"变丑"竟然是因为被不适合的颜色抵住了命门。

面部特征：

· 脸部整体：轮廓、五官不分明、缺乏对比

· 头发：浅棕、浅咖，发色中等偏浅居多，有的甚至天生就是"黄毛"丫头或小子

· 眼睛：浅棕、棕色、咖啡色或者黑褐色，通常因不分明而呈现出浑浊感

· 眉毛：浅淡色居多，眉毛颜色深的一般都缺乏对比

浅色型人需要规避全身穿着暗沉的深色，如果你不想看到立刻显老五岁的自己，那就请浅色型的你远离深色。在浅色型人的应用色卡里是没有黑色的，日常可以用藏蓝色和咖啡色替代黑色。相信肯定有些浅色型人不舍得离弃深色，或许因为喜爱，又或是因为场合需求，那么作为顾问的我肯定也是有办法让你实现深色自由的，这方面的使用技巧会在后面章节教给大家。但是我相信随着应用时间的积累，当你看到浅色给你带来越来越多的惊艳之感时，终有一天你会喜欢上那些真正让你显得好看的浅色。

浅色型人分为浅暖型人和浅冷型人

整体：五官、轮廓不分明且无强烈的对比反差

发色：轻浅不浓重

眼睛：缺少清澈感

适合颜色：浅淡的颜色

冷色型人

《阿凡达》电影里蓝色皮肤的人物如果出现在现实生活中，那么冷色型人肯定非他们莫属。但现实中不可能有蓝色皮肤的人，冷色型人的特征不像大家想象的那么"直白"，而往往都暗藏在体征细节中。比如皮肤隐隐透出的浅粉底调和玫瑰粉的红晕，又或是隐约呈现的青黄、青褐色的肤色底调，再或是狡猾地以蜡黄底调呈现。对的，这里你没有看错，蜡黄的肌肤竟然是冷色型人的体征！这里你看不出来，一点也不奇怪！有些细节，不是十分资深的顾问也会忽略。

面部特征：

· **脸部整体：无明显特征**

· **头发：棕黑、棕褐、乌黑**

· **眼睛：黑棕、棕色、黑色**

· **肤色底调：偏青冷、蜡黄、青白、青黄、青褐、玫瑰粉**

冷色型人需要规避大面积使用暖色调的颜色，它们会让冷色型人瞬间拥有厚腻感，整体暗淡无光，面如菜色。只有冷色调的颜色，才可以让这些现象荡然无存。当冷色型的你看过冷色调映衬下光芒四射的自己，你一定觉得只有蓝底调并非是一种孤单，只要能到达美丽的顶点，也是一种幸福，而对暖色的舍弃绝对是一种智慧。

冷色型人分为冷柔型人和冷亮型人

整体：青冷底调

发色：深浅适中偏深居多

眼睛：虹膜颜色中等偏深居多

适合颜色：冷色调的颜色

暖色型人

　　暖色型人的特征跨度很大，肤质从肤如凝脂到晦暗厚腻，眼睛从清澈明亮到浑浊模糊，听起来有天壤之别的两个特征都会同时出现在这一类型的人群中。长相的巨大差异，并不阻碍他们拥有相同的用色规律，有些暖色型人的发色和虹膜颜色天生自带咖啡色底调，脸部整体看上去就有一种暖洋洋的感觉。

面部特征：

· **脸部整体：象牙白底调或厚腻的黄底调**

· **头发：咖啡色、深咖色、褐色、黑色**

· **眼睛：咖啡色、棕色、深棕、黑棕**

· **眼白：黄白底调、淡天蓝底调**

　　暖色型人想达到"美艳绝伦"的效果，就必须放弃冷色这半壁江山。大多数的冷色都不会出现在暖色型人的适用色卡里，也许现在你还无法体会，在此我也不会试图过多解读，因为我知道终有一天，暖色型的你会主动放弃宠溺冷色，正如客户感悟儿子终于不再说那句"妈妈你不要生气了"一样。这位客户是一个蓝色痴迷者，她所有的东西都离不开蓝色，衣服更是穿齐了蓝色家族。蓝色这个会使暖色型人呈现不好状态的颜色，刚好被她如获至宝般地宠爱着，但是大量用蓝色，却恰恰犯了她色彩季型的用色大忌。被蓝色拉垮的脸部线条，显得她总是嘴角下垂，于是有了一张常常生气的脸。无知无觉的她还奇怪为什么孩子总是惧怕她，色彩测试让她如梦初醒，原来是因为"纵'蓝'虐我千百遍，我仍待'蓝'如初恋"，错爱了蓝色，用了离适合最远的颜色，最丑的样子莫过于此。

暖色型人分为暖柔型人和暖亮型人

整体：橙暖底调

发色：大多天生自带咖啡色底调

眼睛：虹膜颜色常呈现咖啡色或深棕色，眼白常呈现黄底调

适合颜色：暖色调的颜色

净色型人

净色型人头面部有着强烈的色彩反差，时常会让人们觉得他们的眼睛特别明亮，也常被人误认为是因为长得好看，穿那些饱和度很高的颜色才好看。事实上，他们一样会有血丝、痘痘、色斑、毛孔粗大等皮肤问题，而他们那种光芒四射的状态其实全倚仗那些高饱和度色彩的衬托。穿错颜色时的惨白脸色和无精打采，也经常会使他们苦恼。也许他们还不知道，他们的神采奕奕是对的颜色所赐予的礼物。

面部特征：

· **面部整体：眼睛、头发与皮肤有较强的色彩反差**

· **头发：黑色、黑棕色**

· **眼睛：深褐色、深棕色、黑色，眼睛通常非常透亮，明亮度高**

· **皮肤：青底调、象牙白底调都有，并不完全是光滑如玉的状态**

净色型人穿衣用色的首选是对比配色，两种颜色在净色型人身上总能碰撞出火花。特别要注意的是，净色型人在穿着黑、白、灰单色时，一定要找一个高饱和度的点缀色，哪怕只是应用在一对耳环、一个胸针，抑或是一双鞋子上。总之，跳色点缀在净色型人身上总会有意想不到的效果。净色型人离不开高饱和度的颜色，就如钻石永远离不开那束使其光芒万丈的光。

净色型人分为净暖型人和净冷型人

整体：对比分明

发色：中等偏深色居多，常与眼睛、皮肤形成色彩反差

眼睛：透彻、明亮、分明

适合颜色：饱和度偏高的颜色

柔色型人

柔色在专业领域泛指饱和度不高的颜色，它们看上去会有点自来旧，像水洗过一样。柔色型人正是穿这些不起眼的颜色才会熠熠生辉的一群人。柔色型人在生活中靠个人摸索穿对颜色的概率很低，很多时候他们总会觉得是自己的样貌有问题，比如肤质不够好，或是眼睛不够明亮，很多柔色型人天生自带雀斑，他们总有一种五官模糊不清的面容，并且经常由于自身色彩的平淡，而盲目追寻那些自己缺失的跳色，但往往这种不遵循用色规律的用力会适得其反，离适合的颜色越来越远。

面部特征：

· **面部整体：面部对比不分明，朦胧感比较强**

· **头发：头发鲜有乌黑的，棕黑、浅棕较多**

· **眼睛：咖啡色、棕色居多，不甚明亮**

· **眉毛：浅色居多**

柔色型人的出彩需要"模糊不清"的打扮，近似配色是适合柔色型人的配色方法。柔色型人在使用多种颜色时，颜色之间的差异越小越好。在配色技巧未至娴熟前可以选用单色系，绝对不需要担心穿不出彩的柔色就真的会不出彩。切记用"不出彩"的颜色才能让柔色型人迎来最出彩的高光时刻！

柔色型人分为柔暖型人和柔冷型人

整体：朦胧模糊感强

发色：发色深浅适中居多

眼睛：明亮度低，整体感觉不透澈，
有时会有浑浊感

适合颜色：饱和度偏低的颜色

什么类型的人穿什么类型的颜色

十二色彩季型的分类

只要知道自己的类型，就可以快速找到最适合自己的颜色。人按照固有色特征分类，颜色按照色彩属性分类，与人用色规律的类别一一对应。颜色的分类并不是空穴来风，而是按照色彩属性偏重的规律来分类的，可以准确地让需要使用该颜色属性的人快速取得可被使用的对应颜色，并且这些颜色所具备的属性正好完美地符合人的需求，专业领域将这种分类方法称为"色彩季节理论"。

理论最初的设想，就是按照大自然的季节名称来命名。因此你也许会听过"四季理论"，或是本书中为大家解读的"十二季理论"，还可能有其他叫法。不管有多少种说法，起点都是色彩季节理论。理论早期也是为解决人和色彩之间的各种应用问题而诞生的，其巧妙之处就在于可以在形容各种类型人的固有色特征的同时，还能精准地说明他们各自所适合的穿衣用色。

色彩季节理论从最初直呼"春夏秋冬"，到改用色彩特征来命名类型，更加突显了用色规律属性的重要性。十二色彩季型理论在四季理论的分类基础上衍生而来，使其分类模型更加清晰，划分更加细致，测试人的推导公式更加具有针对性。针对色彩季节理论最有效的学习方法，就是"轻视"各派系的类别称呼和字面解读，包括我所说的，毕竟通过字面想象出来的画面和实际情况有天壤之别。这里建议大家多关注理论的模块逻辑，多借鉴其中科学选色的思维模式，重视其中的方法运用。我的初心是帮大家掌握科学打扮的思维方式，分享给大家更多化繁为简的使用方法。工作中看到人们总是纠结于各派系结论的对错上时，我常感痛心，这里提醒大家无论不同派系认定结论有何分歧，最终学会使用其中的科学方法为自己提供更好的服务，才是我们学习的最终目的。

现在就让我们打开色彩季型的大门看个究竟吧！每种类型的人都会有相应的适用色卡，在接下来的几个章节中，我会用画笔为大家一一呈现不同类型人的适用色卡！按照类型取色有助于我们找到自己最好看的穿衣状态哦！

饱和度高

浅

颜色分类将明度高的、饱和度高的、暖色调的颜色归类为春季型，再根据颜色属性偏重不同细分为浅暖、净暖、暖亮三种类型。

春

浅暖　　浅

净暖

暖亮

暖

暖柔

柔暖

深暖　　深

秋

颜色分类将明度低的、饱和度低的、暖色调的颜色归类为秋季型，再根据颜色属性偏重不同细分为深暖、柔暖、暖柔三种类型。

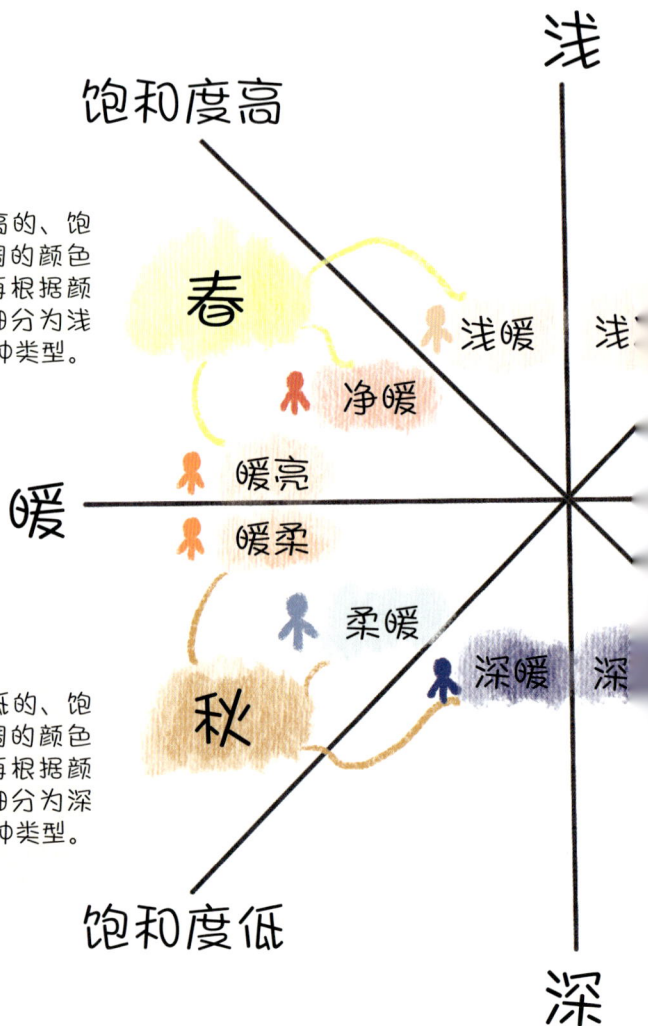

饱和度低

深

饱和度低

颜色分类将明度高的、饱和度低的、冷色调的颜色归类为夏季型，再根据颜色属性偏重不同细分为浅冷、柔冷、冷柔三种类型。

夏

柔冷

冷柔

冷亮

冷

净冷

冬

颜色分类将明度低的、饱和度高的、冷色调的颜色归类为冬季型，再根据颜色属性偏重不同细分为深冷、净冷、冷亮三种类型。

饱和度高

深冷型人和深暖型人的用色

从前面十二色彩季型分类图中不难发现，有六组首字相同的类型出现，它们分别是深、浅、冷、暖、净、柔六种色彩关系下的细分类型，针对不同的用色倾向，每个色彩关系下又会细分出两个类型，以代表相同主基调下两种不同用色偏重的色彩组合。比如"深"这一色彩关系下的深冷型和深暖型，两者用色主基调都是深色，但用色倾向"各自为政"。其中深冷型在"深"的基础上更强调冷色调，而深暖型在"深"的基础上则更强调暖色调，因此首字相同的两种类型是由两者共同拥有的主基调颜色和各自的用色倾向颜色组成，各类型适用色卡展示图也将分为共有主基调颜色和各自用色倾向颜色两部分来进行呈现。

这里需知晓颜色分类和称呼在不同体系中都会有所不同，相同的颜色在材质不同的媒介中会出现色差，印刷出版物上呈现的颜色也可能会存在偏差。选色应用中需要明确轻外观重内涵的概念，很多人有色卡还不会买衣选色的问题就出在这里。要知道树立正确的颜色属性认知是首位，色卡中的颜色永远是参考，至于日常选色是否百分百还原色卡并不是关键。颜色深浅以及颜色饱和度略微的变化，在不影响颜色属性方向性转变的情况下都是可以采纳应用的，色彩的分类思路和底层使用逻辑是我们选色用色真正需要了解的重点。如深冷型人用色永远都需要牢记：一强调深，二强调冷色调的用色规律，就算日常选色中不能找到与色卡完全一样的颜色，只要可以做到这两个强调的点，近似色卡的颜色也是可以选择的。记住，穿衣用色的最终定夺永远都要靠眼睛的判断，无论什么颜色，上身好看的状态永远都是穿衣选色的前提，而不是死板校对色卡的颜色统一。永远提醒自己，色卡只是我们的向导，而不是唯一的标准。

深色型人
主基调色卡

灰褐色
橙草黄
可可色
米灰色
炭灰色
黑棕色
南蛇藤红
铅锡色
黑色
巧克力色
菩提绿
正红
翠绿
苔绿
森林绿
猩红
松石绿
亮色
正蓝
茄紫
洋李紫
亮粉
矢车菊蓝
紫色
深海军蓝
凤尾草绿
象牙色
皇家紫
松绿
勃艮第酒红

49

深暖型人
倾向色卡

鲑肉色

芥末黄

驼色

鲑肉粉

红棕色

南瓜色

金棕色

橄榄绿

冬青绿

铁锈红

番茄红

咖啡棕

深冷型人
倾向色卡

甜粉

倒挂金钟紫

木莓红

青椒色

紫罗兰色

樱桃色

长春花蓝

梅紫

正绿

深凫色

粉蓝

浅冷型人和浅暖型人的用色

　　浅色型人用色需要特别重视主基调的表现，大多数浅色型人都需要"浅"到极致才会显现气质。浅色型人的色卡里是没有黑色的，而是用藏蓝等其他深色来替补黑色作为深色的功能。降低浅色型人的"黑化"程度是浅色型人需要长期坚持的工作。浅色型人细分为浅冷型人和浅暖型人，浅冷型人用色需要更强调浅色的冷色调，浅暖型人用色则需要更强调浅色的暖色调。

浅色型人
主基调色卡

鼠尾草绿

玫瑰棕　灰褐色　象牙色

铅锡色　中灰

乳黄　可可色　浅杏色　浅灰

榉草黄　淡粉　天蓝　米灰色

孔雀绿　灰玫瑰　浅水蓝　石青色

薄荷绿　浅凫色

亮粉　松石绿

天竺葵红

紫色　浅长春花蓝　苹果绿　矢车菊蓝

紫罗兰色

浅海军蓝

浅暖型人
倾向色卡

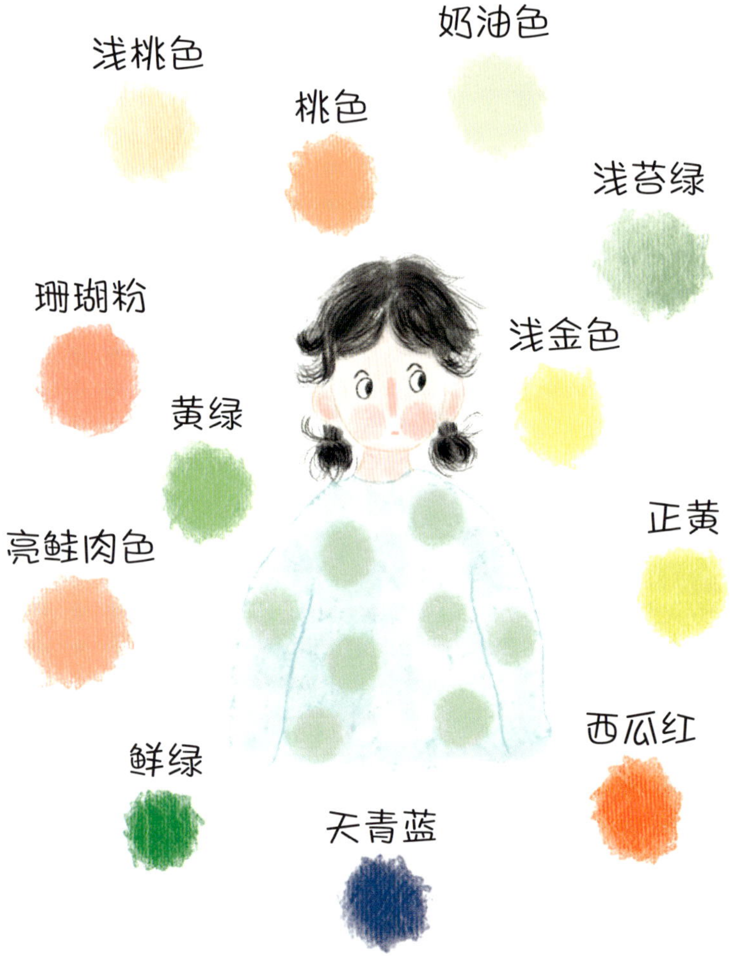
浅桃色
奶油色
桃色
浅苔绿
珊瑚粉
浅金色
黄绿
正黄
亮鲑肉色
西瓜红
鲜绿
天青蓝

浅冷型人
倾向色卡

薰衣草紫　　　雾粉

　　　　　　　　　　冰粉

铃兰色

　　　　　　　　　　　　水晶紫

冰灰

　　　　　　　　　　水晶蓝

　　冰紫

　　　　　　　　　　　　兰花紫

海绿

　　玫瑰红

　　　　　　柔倒挂金钟紫

冷亮型人和冷柔型人的用色

　　冷色型分为冷亮型和冷柔型，冷亮型人用色需要偏重冷色调、高饱和度的颜色，而冷柔型人用色需要偏重冷色调、低饱和度的颜色。虽然经常会看到这样只有一字之差的分类名称，甚至很多颜色也会重复出现在不同类型的色卡中，但这些相似的背后是截然不同的用色组合。每种类型用色侧重点的准确表达，是让穿衣用色达到最佳效果的核心。

冷色型人
主基调色卡

铅锡色

柔白

冰绿

浅灰

灰褐色

肉桂紫

天蓝

中灰

热粉

粉米色

蓝绿

嫩粉

蛋青色

浅凫色

亮色

玫瑰粉

亮长春花蓝

浅水蓝

宝石蓝

浅长春花蓝

冰蓝

蓝红

云杉绿

紫色

松绿

皇家蓝

深海军蓝

炭灰色

矢车菊蓝

黑色

冷亮型人
倾向色卡

粉蓝

长春花蓝

深凫色

甜粉

青椒色

梅紫

正绿

樱桃色

紫罗兰色

木莓红

倒挂金钟紫

冷柔型人
倾向色卡

冰粉

雾粉

冰灰

水晶紫

铃兰色

兰花紫

海绿

冰紫

水晶蓝

玫瑰红

薰衣草紫

柔倒挂金钟紫

暖柔型人和暖亮型人的用色

对于暖色型人来说，就算完全放弃冷色，也不会影响他们把衣服穿得好看，单一的暖色家族也完全可以撑起暖色型人必需的暖色调。暖色型分为暖柔型和暖亮型，暖柔型人需要侧重使用暖色调、低饱和度的颜色，暖亮型人则需要侧重使用暖色调、高饱和度的颜色。首字相同的两种类型往往需要强调同一个色彩关系，因此二者在分类中特性也更加接近。

暖色型人
主基调色卡

米灰色
灰褐色
乳黄
柔白　麦色
青铜色
炭灰色
黑棕色　巧克力色　橘红
松石绿
菩提绿
薄荷绿
红橘色
杏色
铅锡色　琥珀色
浅海军蓝
赤褐色
苔绿　珊瑚色
正红
浅长春花蓝
鼠尾草绿
水蓝
鲜黄　南蛇藤红
灰绿
紫色　榉草黄

暖亮型人
倾向色卡

浅桃色

浅金色

亮鲑肉色

桃色

正黄

鲜绿

黄绿

珊瑚粉

浅苔绿

西瓜红

天青蓝

奶油色

暖柔型人
倾向色卡

驼色

芥末黄

鲑肉粉

金棕色

南瓜色

鲑肉色

红棕色

咖啡棕

冬青绿

橄榄绿

番茄红

铁锈红

净暖型人和净冷型人的用色

专业里用"净"字代表高饱和度的颜色特性，净色型又分为净暖型和净冷型。净暖型人更倾向使用高饱和度的暖色调颜色，净冷型人更倾向使用高饱和度的冷色调颜色。净色型人是为数不多可"轻视"用色倾向的人群，有些肤白貌美的净色型人只要使用高饱和度的颜色，无论冷暖色调都不会影响他们用色好看的状态。当然这种现象并不会出现在所有净色型人的应用案例中，绝大多数还是需要重视用色倾向的。

净色型人
主基调色卡

灰褐色

巧克力色　铅锡色　黑色
　　　　象牙色　　　米灰色
可可色　　　浅杏色
薄荷绿
鲜红　　　　　　　浅凫色
　　正红　　　　　　　柠檬黄
黑棕色　　　　　鼠尾草绿
　　猩红　　　　苹果绿
冬青绿　　　　　　天蓝　　翡翠松石绿
中国蓝　亮粉　　　　　　蛋青色
皇家蓝　　　　　　浅水蓝　浅灰
正蓝
　　矢车菊蓝　深海军蓝　　炭灰色
　　　　　　　　　　紫色
　　　翠绿

65

净暖型人
倾向色卡

奶油色

浅金色

浅桃色

桃色

珊瑚粉

浅苔绿

亮鲑肉色

黄绿

鲜绿

西瓜红

天青蓝

正黄

净冷型人
倾向色卡

甜粉

樱桃色

梅紫

木莓红

粉蓝

紫罗兰色

青椒色

长春花蓝

深凫色

倒挂金钟紫

正绿　　纯白

柔暖型人和柔冷型人的用色

专业里用"柔"字代表低饱和度的颜色特性，柔色型分为柔暖型和柔冷型。柔暖型人更倾向使用低饱和度的暖色调颜色，柔冷型人更倾向使用低饱和度的冷色调颜色。柔色型人属于用色适用面比较窄的一类人群，他们在用色倾向的配色表达上往往需要更准确到位，用色偏差太大很容易影响他们穿衣好看的程度。生活中柔色型人和浅色型人用色更讲究拿捏分寸，因此选色应用中他们会比较容易遇到"难穿"的问题。当然任何人缺乏选色经验和用色方法都会遇到各自的难题，希望用色的介绍可以给大家很好的启发，协助大家找到那个更好的自己。

柔色型人
主基调色卡

柔白
灰褐色
玫瑰棕
铅锡色
米色
米灰色
天蓝
马鞭草绿
薄荷绿
绿玉色
贝壳粉
鼠尾草绿
天竺葵红
松石绿
灰绿
翡翠松石绿
猩红色
亮粉
亮色
浅长春花蓝
炭灰蓝
浅海军蓝
宝石蓝
洋李紫
巧克力色
云杉绿
紫色
炭灰色
柔紫罗兰

柔暖型人
倾向色卡

鲑肉粉

鲑肉色

驼色

浅桃色

奶油色

浅苔绿

桃色

浅金色

铁锈红

黄绿

橄榄绿

金棕色

柔冷型人
倾向色卡

雾粉　冰粉　冰灰　冰紫

兰花紫　水晶蓝

海绿

铃兰色　薰衣草紫

水晶紫

玫瑰红　柔倒挂金钟紫

类型的局限还是开阔的色彩世界？

色彩——全都拥有不等于全都好看

顾问的工作让我发现大家都是贪心的，几乎所有人都希望可以拥有世间所有的颜色。很少有人会意识到我们每个人适合的颜色是有一定范围的，而且能让我们达到最好看状态的颜色也只会是这个范围里的某一些颜色，甚至是某一两个颜色，最后的适用度都是由我们的长相和气质所决定的。如果全部颜色都可以在一个人身上达到好看的极致，那么我们想象一下这个人的样貌应该得是如何完美的状态呢？然而，现实中长相再完美的人也是会有自己用色软肋的。

在色彩关系中，一个人的用色主基调是不可能同时有两种对立的色彩特征出现的，这是由我们天生的固有色特征决定的，色彩属性偏重必须符合我们的固有色特征才会好看。比如穿衣主基调适合深色的深色型人，穿与深色特征对立的浅色肯定会不好看；适合穿冷色调的冷色型人，穿暖色调的颜色一定会丑；适合穿高饱和度颜色的净色型人，肯定不适合穿饱和度低的颜色，再加上每个人的用色倾向有所不同，致使最适合的颜色会有一定的条件限制。这些限制仅限于令我们好看的色彩特征条件，并没有限制我们的色彩自由，而是为我们屏蔽了不该去的禁区，也为我们打开了更适合的色彩大门，让我们都可以在安全的范围内找到自己穿起来最好看的颜色。这里大家需要明白，一个人是不可能穿什么颜色都好看的，拥有全部的颜色不等于这些颜色都能让你好看。

朋友们！深色型人需要浓墨重彩的颜色才会好看！

我们冷色型人更适合"冷冰冰"的颜色！

鲜艳的颜色才能使我们净色型人熠熠生辉！

深　浅

冷　暖

净　柔

VS

VS

VS

深　浅

冷　暖

净　柔

我们浅色型人记住一定要浅！浅！浅！

暖洋洋的颜色才是最适合我们暖色型人的！

身为柔色型人一定要低调！泛旧的颜色反而可以彰显优雅！

深色型人的浅色与浅色型人的深色

虽然用色倾向给我们附加了一些使用条件，但是"会使用"才是我想告诉大家的，合理使用色卡是不会让我们缺失任何颜色的。单纯从字面理解，似乎深色型人丧失了穿浅色的权利，但学会改变"认知标准"一样可以拥有"深色型人的浅色"。那么深色型人的浅色应该如何去使用？而浅色型人的深色又应该如何去定义呢？

让我们一起来玩转"标尺乾坤扭转大法"，"开玩笑打比方"通常都是我教客户理解专业理论的方法，通俗的解读也更有利于普通人对专业知识的吸收。我们假设颜色从浅到深的变化过程是一个标尺，假设刻度范围从 0 到 10，0 处为最浅，10 处为最深。深色型人在浅色上的选择，就需要把日常理解浅色的浅度标准提高；如果常规理解刻度 0 ~ 1 区域是浅色，那么深色型人的浅色选取范围就需要从刻度 3 处起始。而浅色型人选择深色则刚好相反，需要把日常理解深色的深度标准降低；如果常规理解刻度 9 ~ 10 区域是深色，那么浅色型人的深色选取范围就不能超过刻度 5。只有这样才可以规避深色型人用了浅色导致的没气质，也可以挽救浅色型人用了深色出现的老气。重新制定深浅标准，就可以实现属于他们的深浅色应用自由。

深色型人

合适的范围　　　　不合适的范围

0　　3　　5　　　　　　10

深色型人的浅色原来不是 0 ✕ 而是 3 ✓

浅色型人

合适的范围　　　　不合适的范围

0　　　　5　6　　　　10

浅色型人的深色原来不是 10 ✕ 而是 5 ✓

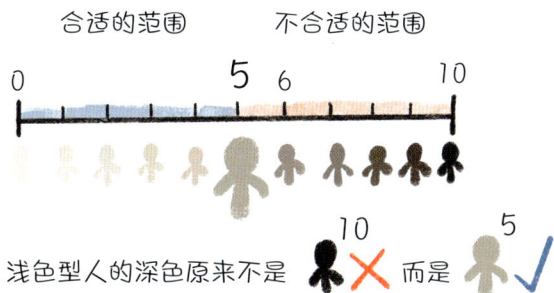

这里需要注意的是，在实际应用中个体会有差异性。也许有些深色型人适用的浅色需要更深一些，需要在区域3~4或区域4~5提取；也许某些浅色型人能更好地承接深色的影响，可以将深色采纳区域延展到区域5~6或者6~7。但这些都不会改变深色型人需要深色、浅色型人需要浅色的原理。推后深色型人浅色采纳区起点和提前浅色型人深色采纳区终点的使用方法，依然是解决深色型人和浅色型人深浅色应用难的好办法，按照具体案例的实际情况运用即可。记住方法论是学习的精华所在，不要一味地生搬硬套哦！

敲黑板

净色型人的柔色与柔色型人的净色

关于净色型人和柔色型人该如何使用柔色和净色，同样可以照搬"标尺乾坤扭转大法"。这里只需更换标尺的标的，净色和柔色型人的用色偏重标的是色彩饱和度，所以标尺需要加载在色彩饱和度的变化过程上。同样假设刻度范围是 0 到 10，0 处为最低饱和度，10 处为最高饱和度。净色型人在柔色上的选择，就需要把日常理解柔色的饱和度标准提高，如果常规理解刻度 0 ～ 1 区域是低饱和度颜色，那么净色型人的柔色选取范围的起点就需要定在刻度 3 处。而柔色型人想选取一些净色，那就需要把日常理解净色的饱和度标准降低，如果常规理解刻度 9 ～ 10 之间的区域是高饱和度颜色，那么柔色型人的净色选取范围就不能超过刻度 5。净色型人用色跨度会比柔色型人大，所以柔色型人的净色采纳区域会比净色型人的柔色采纳区域窄。柔色型人穿衣用色不好看的概率会比净色型人大，所以柔色型人相对净色型人选色需要更加谨慎，相信用标尺做比喻有助于大家更清晰地理解他们之间的用色关系。

净色型人

合适的范围　　　　　不合适的范围

合适的范围　　　　　不合适的范围

0　　　3　　5　　　8　　10

净色型人的柔色原来不是 ❌ 0 而是 ✓ 3

柔色型人

不合适的范围　　　　　合适的范围

0　　　3　　5　　　8　　10

柔色型人的净色原来不是 ❌ 10 而是 ✓ 5

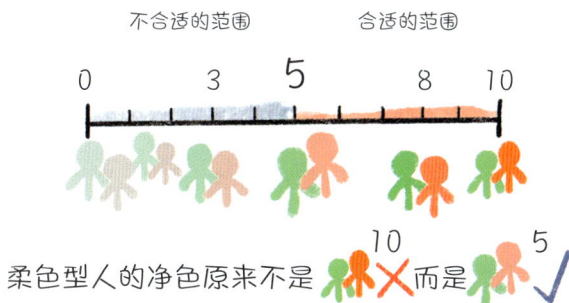

这里同样需要明确应用中会有个体化差异，不同的净色型人和柔色型人可承受的饱和度高低都是不同的。有些人也许会超出列举的范围，但是这并不影响净色型人需要柔色时要洗饱和度中等的颜色，而当柔色型人需要一些净色表达时，需要控制饱和度不要过高。净色型人普遍适合高饱和度颜色，柔色型人普遍适合低饱和度颜色的应用范围原则不变，取低补高的方法仅限于个别想拓宽应用范围的人选取使用，且由于柔色型人对饱和度的承受度会比净色型人低，因此就算和例子范围有出入，柔色型人承接适合范围会比净色型人窄的大趋势不太会变。

敲黑板

冷色型人的暖色与暖色型人的冷色

冷色型人和暖色型人总是会有一点"偏科"，他们适用的色彩很"专一"，冷色型人的冷色、暖色型人的暖色几乎成了他们的所有，日常拓宽冷暖色型人的色彩队伍，也就成了他们突破用色单一化的重中之重。想要破单，关键要懂得跨界找色，这里就需要懂得运用冷色调和暖色调的"人脉"，比如粉红、玫红、酒红，它们都是带有冷色调的暖色，这个特性就适合充盈冷色型人的暖色队伍，冷色型人使用的暖色，必须带有冷色调才会好看。

而在冷色中也有着一支带有暖色调的小分队，比如蓝色中的水蓝、浅水蓝，它们是比较少有的带有暖色调的冷色，凭借暖色调的特性，就可以"充军"到暖色型人"人员稀少"的冷色队伍中。暖色型人的冷色，也必须带有暖色调才会好看。

冷色型人和暖色型人的用色关键就是对色调的把握，色调是他们最需要重视的特征。

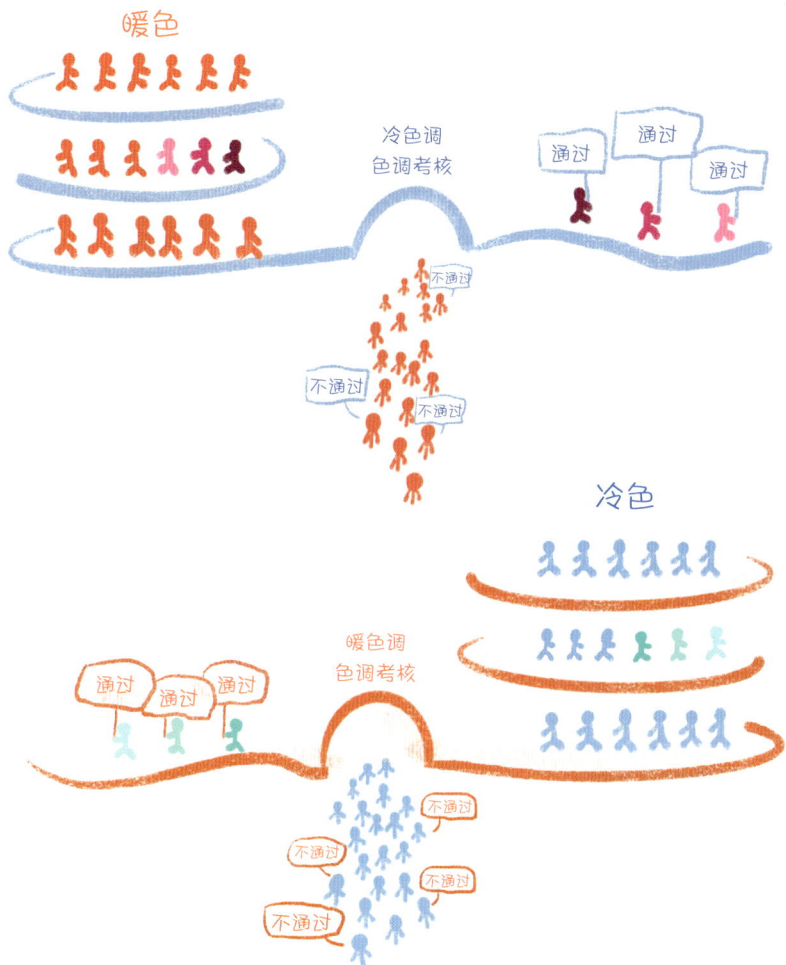

　　这样看来问题是不是又来了？是不是觉得还是需要懂得一些色彩原理？色彩知识对我们自如驾驭配色是非常重要的！接下来我们就开始好好学习那些与我们息息相关的色彩知识吧！

穿什么颜色好看？从了解开始！

03

穿衣用色
你应该知道的那些事儿

🏃 色彩的基础知识

色彩家族的族谱——有彩色与无彩色

日常教学中，经常会遇到学生把色彩的情感意义和归属混淆的现象。很多人认为"黑色是冷色"，黑色的暗沉视觉感给人不易接近的感觉，或许这种"冷冰冰"拒人千里之外的表象，才让人以为"黑色是冷的吧"！从物理学角度看，黑色无法具备冷色特性，而黑色给我们的"冷"感，完全是我们心理联想的结果。

现实中色彩是有相应排序归属的，像人类一样也会有家族连带关系，有彩色和无彩色瓜分着色彩族群。囊括着红、橙、黄、绿、青、蓝、紫基础色的有彩色是一支非常庞大的队伍，它不仅包含了基础色相互间千变万化的混合色，还涵盖了它们与黑白灰混合所产生的所有颜色。而无彩色的队伍相比有彩色队伍略显单薄，它仅包括黑、白以及不同深浅的灰，因为没有彩度，所以从物理学角度看无彩色还称不上"色彩"，但由于对人的心理影响很重要，以及在颜料中有改变色彩的作用，因此无彩色还是会和有彩色平起平坐，被大家视为色彩家族中的两大主力军。至于"散落"在家族外的金属色，比如金色、银色、铜色这种工业品中特有的金属颜色，对于它们的归属言人人殊，有人把它们归类到无彩色，有人把它们归类于特殊色。这里先抛开"纷争"不说，暂且将金属色看成一个独立分支。记住色彩的家族树，它们的归属关系就一目了然啦！

这就来画一个！

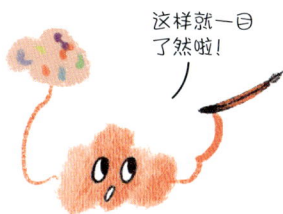

完美！

黑 白 灰

红 青
绿 橙 黄
紫
蓝

有彩色 无彩色

金属色

金 银 铜 铁

色彩

这样就一目了然啦！

如父母般的地位——三原色

在色彩群体中有几个非常重要的颜色，它们就是三原色。所谓原色就是色彩中最基本的颜色，是众多颜色调配的基础单元，它们可以调配出绝大多数色彩，但是它们不能再被分解，其他颜色也调配不出它们。

色彩通常有两种表现途径：一种是电视、电脑、照明通过有色光表现颜色，另一种是颜料通过反射光表现颜色，因此三原色通常会分为色光（光学）三原色和色料（颜料）三原色两大类。色光三原色是红（Red，即R）、绿（Green，即G）、蓝（Blue，即B），RGB三色混合在一起会变成白色，也称为加色法。色料三原色是青（Cyan，即C）、品红（Magenta，即M）、黄（Yellow，即Y），它们三色混合在一起会变成黑色，也称为减色法。日常生活中我们常提到的三原色——红、黄、蓝，基本上都是指色料三原色。不过因为颜料大红和蓝无法调配出品红和青，而品红和青可以调配出大红和蓝，且以品红、青、黄为原色调配来的颜色更为丰富且纯正鲜艳，所以关于色料三原色更精准的说法是品红、黄、青。这里需要知晓的是，无论习惯哪种称呼，明确其中的底层逻辑和调配原理才是关键，我们的穿衣用色以及印刷品和颜料，都是和三原色的混合"运动"有关，牢记它们，对我们日后分析色彩的搭配合成会有很好的帮助。

色光三原色

色料三原色

RGB 三色混在一起会变为白色，也称加色法；
CMY 三色混在一起会变为黑色，也称减色法。

敲黑板

两两相加——间色

　　色彩世界的有趣之处就在于混合，颜色之间的相互调配可以得出千变万化的复色，它们或是三三两两或是三五成群，组合成了丰富的色彩家族。除了原色和复色，不得不提的还有色彩家族的间色。间色是三原色两两等量混合得到的颜色，这就好比红和黄结合后有了橙，黄和蓝结合后有了绿，红和蓝结合后有了紫，随后橙、绿、紫第二代继续繁衍，由此不断添加的色彩新成员丰富着色彩家族，专业里将新成员称为二次色、三次色、四次色，以此类推。无论色彩进行到第几次演变，每个颜色在色相环相应的位置上都有个"家"，按照自然光在光谱中呈现的顺序排列在色相环上。间色和原色分别构建了色相环中两个重要的"黄金三角"，色相环可以被井然有序地划分，这两个黄金三角有着不可磨灭的功劳。随着色彩成员的增加，色相环由三原色和三间色组成的6色，扩展出颜色更加丰富的12色、24色、36色、48色、72色等。色相环的排列蕴藏着微妙的色彩搭配逻辑，熟记间色的由来，日后在色彩搭配时会感到有如神助。

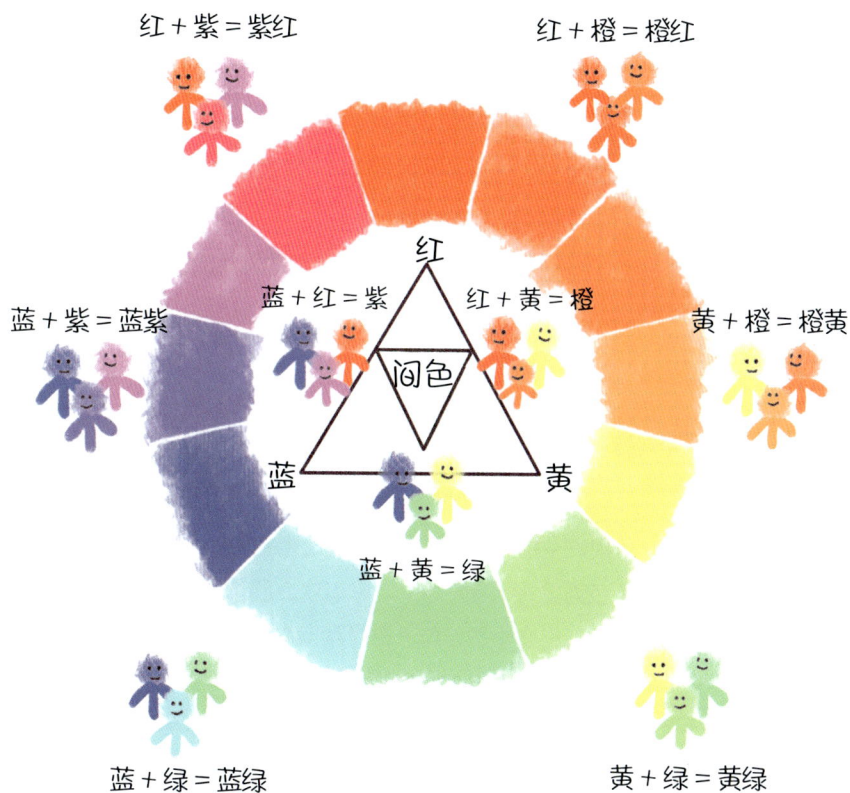

红＋紫＝紫红

红＋橙＝橙红

蓝＋红＝紫

红

红＋黄＝橙

间色

蓝＋紫＝蓝紫

黄＋橙＝橙黄

蓝

黄

蓝＋黄＝绿

蓝＋绿＝蓝绿

黄＋绿＝黄绿

远亲近邻——邻近色与互补色

　　将色彩关系模拟成人际关系的话，色相环就好比是色彩的关系网，可谓囊括了所有颜色的"命簿"。色彩关系和人际关系一样有疏有密，色相环中色彩的位置就蕴藏了其中的种种关系。邻近色是指在色相环中相距60°，又或是相隔三个位置以内的两种颜色，邻近色的关系就像两个志同道合的朋友，有着很多朋友间都会有的共同之处，有些是色调统一，有些是色相接近，又或是拥有一致的情感表达。这种"你中有我，我中有你"的"聚会"总是很和谐，比如橙色与黄色，两者都含有黄色，所以搭配在一起很和谐；又如红橙与黄橙，虽然红橙是红多黄少，黄橙是黄多红少，但是因含有相同颜色的成分，所以不妨碍它们在一起时的视觉和谐。

　　互补色是指在色相环中相隔180°，隔"岸"相望的两种颜色，因各自缺少对方所含有的原色而得名"互补色"。它们就像那些从来都不会接触的陌生人，两个颜色看上去一点都不相似，有时甚至有对立的感觉，但是这些并不会影响它们的互补关系，双方在一起时会把对方映衬得更加明显。强烈的对比往往是互补色组合给人们留下的最深印象，例如红和绿、蓝和橙、黄和紫，它们同时也是三组对比色。只有清晰地了解了各种色彩关系，才能打造出精彩的色彩搭配。

紫红　红　橙红

紫

邻近色
60°

蓝紫

橙

蓝

180°
互补色

橙黄

黄

蓝绿

黄绿

绿

互补色

橙蓝
红绿
黄紫

像我们这样180°
隔岸相对的就是
互补色。

邻近色

黄　黄绿　绿
蓝紫　紫　紫红

红　橙红　橙

像我们这样住在
60°以内隔壁的
就是邻近色。

颜色的相貌——色相

　　色相是色彩的最大特征，可以简单理解为"颜色的长相"，长相不同名称也就不同，它是一种颜色区别于其他颜色的特定属性。色相里称呼的红、黄，可不是指某个特定的颜色，而是泛指以这种色调为主的色相，所以每当有人问我"红色和什么颜色搭配好看"时，总会得到我"是什么样的红"这种反问。就算是同类颜色，色相也有可能不同，比如红色中的大红和紫红。

　　光的反射作用让我们的眼睛感受到了不同的颜色，色相的差别是由光波的长短造成的，红光波长最长，紫光波长最短，按照波长顺序排列成环状，形成色相环。如果说色相环是色彩的居住地，那色相就好比是掌管区间和种类的管家，它规范着色彩族群的区域。

　　当然对于缤纷的色彩世界来说，光靠色相区分是不够的，还有另外两个不可缺少的属性共同维护着色彩世界的排列秩序，它们就是明度和饱和度。

色相

红
橙
黄
绿
蓝
紫
大红
紫红

不可或缺的属性——明度与饱和度

大部分色彩的"繁衍"是靠色与色的混合，混合的色彩成分越多，色彩的色相就越不明显。为了更好地梳理混合状态，此时就需要色彩饱和度出场了。饱和度指色彩的鲜艳程度，又名纯度，也会有彩度、艳度的称呼。饱和度取决于该颜色中含色成分和消色成分的比例，含色成分越大饱和度越高，消色成分越大饱和度越低，这里的消色成分就是我们常说的灰色。高饱和度的颜色加入灰色就会显得混浊，色相模糊不清，变成低饱和度的颜色。饱和度控制着色彩鲜艳程度的高低，成为色彩世界除色相之外的又一个管理员。

高 ——————————————— 饱和度 ——————————————— 低

含灰色越少饱和度越高　　　　　　含灰色越多饱和度越低

除了饱和度的变化，色彩在混合了黑色或白色后，其明度也会有所变化。色彩添加白色或黑色的过程，就是明度高低的变化过程。白色多的颜色明度高，黑色多的颜色明度低，日常我们说的色彩深浅就是指色彩明度的变化。例如，深绿随着加入白色量的增加变为中绿再到浅绿，这个过程实现了颜色明度由低到高的变化。

高　　　　　　　　　　　　　明度　　　　　　　　　　　　　低

含黑色越少明度越高　　　　　　　　　含黑色越多明度越低

明度与饱和度的出现，就像是色彩世界立体维度上的坐标，每个颜色都可以凭借色相、明度、饱和度的数值，准确地找到自己在色彩三维立体模型上的"家"。因为有三属性有章有法的变化规则，色彩世界才可以多而不乱，每个色彩的特性和搭配方法都可以从它们三属性的特征里提取，所以只有掌握好它们的属性关系，色彩搭配才会变得易如反掌。

1. 含黑色越少明度越高；
2. 含黑色越多明度越低；
3. 含灰色越少饱和度越高；
4. 含灰色越多饱和度越低。

敲黑板

色彩的隐蔽力量

调节温度的颜色

如果说三属性是色彩的"外在"，那么色彩心理学就是色彩的"内在"，每个色彩都有着隐蔽的影响力。色彩会给我们带来各种感官刺激并引发心理联想，世代传承的共同感受使我们看到某种颜色时产生相似的联想和共鸣。比如我们看到红色、橙色就会联想到火焰、太阳，这些颜色给我们的感觉往往是温暖的；当看到蓝色的时候会联想到天空、海洋，通常都有清爽和冰冷的感觉。这种体验告诉我们，冷色会产生冷感、暖色会产生暖感的心理影响是客观存在的。

生活中大家都在不知不觉中被色彩影响着自己的行为，色彩心理影响通常都是通过视觉开始，然后渗透人们的知觉、记忆、想象、联想、印象，最后引起人们在行为上的一种反应，因此善于使用色彩心理学也可以为我们的生活带来很多便利。相信当大家想从自来水取冷水时，都会不假思索地拧向水龙头的蓝标方向，而取热水时也都会毫不犹豫地拧向水龙头的红标方向，这种下意识的行为都是源自冷色冷感和暖色暖感的色彩印象，我们完全可以用这种心理影响来调节温度感受。比如冬天朝北的房子就可多用暖色软装来"提高"室温，而夏天西晒的房间就可多用冷色布置来缓解热感。有研究表明，冷色与暖色至少有 2℃ ~ 3℃ 的心理温度差，懂得巧妙利用色彩心理影响力，可以让我们拥有更多解决事物的"超能力"，使生活变得更加轻松惬意。

冷

凉快呀！

冷

热

热

太热啦！

冷色通常会让我们有冰冷的感觉，暖色通常会让我们感到温暖。

敲黑板

控制大小的颜色

　　色彩不单有调节温度的功能，它还可以改变我们对尺寸的视觉感受，这种视觉变化有赖于色彩膨胀感和收缩感的心理影响。膨胀色会使物体视觉显大，收缩色会使物体视觉显小。暖色比冷色更容易使物体视觉显大，因而给人的膨胀感受也会更加强烈；明度对膨胀感和收缩感具有重要影响，明度高的颜色膨胀感会更大，明度低的颜色收缩感会更明显。所以在日常穿衣过程中会发现浅的暖色更容易显胖，深的冷色更容易显瘦，利用色彩膨胀收缩的感官特性来扬长避短是穿衣用色的必修课。例如下半身粗壮的人就可以穿深色下装来显瘦。哪怕是浅色型人也不能生搬硬套教科书中要求全身穿着浅色的教导，记住"哪儿胖哪儿就用深色隐藏"的道理永远有效。当然，不同色彩类型的人会有不同的深色隐藏方法，这里需要记住，整体装扮的最佳状态是因人而异的，色彩仅为其中部分考量因素。从着装顾问的角度来论，穿衣显瘦最有效的方法还不是颜色调整，衣服的版型更是关键，关于版型议题待后续再与大家分享。

大

膨胀色

小

收缩色

膨胀色使物体视觉显大，收缩色使物体视觉显小。

敲黑板

当然，色彩可以控制大小的能力并不仅限于穿衣打扮，合理地使用还可以改变我们的居家环境。高饱和度的明亮暖色视觉上会有向外凸出的前进感，而低饱和度的暗沉冷色视觉上会有向里凹陷的后退感。前进色用在空旷空间的墙面，会使屋子面积在视觉上变小，可以改善空空如也的空间环境；后退色用在距离较近的墙面，会使墙之间的视觉距离变大，从而改善空间的狭窄局促感。合理应用前进色和后退色，会给我们带来意想不到的神奇视觉效果，善用色彩心理学可以为我们的生活创造出更多的魔法时刻。

蓝花凹陷　　红花凸出

后　　　前

前进色有向外凸出的视觉效果，后退色有向里凹陷的视觉效果。

敲黑板

增加重量的颜色

还记得前面那个"穿黑色想显瘦"的故事吗？男朋友觉得她胖竟是因为她穿了黑色。早有研究表明色彩是有"重量"的，研究显示黑色的显重指数差不多是白色的 2 倍。科学家做了多项试验，证明各种颜色在人的大脑中都会有其各自代表的"重量"。当然这里的"重量"都是色彩心理影响下产生的联想，比如明度低的颜色比明度高的颜色更显重。

轻　　　　重

团体课上用矿泉水和可乐做过无数次的演示游戏，大家每次都不约而同地认为可乐更重，也许是可乐黑色的"重量"使大家忽略了它们相同的器皿容量，颜色再次在视觉上欺骗了大家。生活中利用颜色"重量"来"自欺欺人"的优秀案例也比比皆是，例如浅色包装可以让物品显轻，物流的纸浆原色包装盒以及原木色打包木架都是利用浅色显轻的有效案例，利用显轻的浅色让工人产生能够轻松搬动的感觉，从而更好地提高运输效率；而常见的保险柜多为深色，也是因为深色的重量感可以让人从心理上感觉沉重，难以移动的心理感受更利于有效防盗。深色的重量感虽然不会从现实意义上增加保险柜的重量，但是会增加它在使用者心理上的重量，从而影响使用者的行为。看了这些案例你是不是再也不会忽略颜色的"重量"了？

这……这……看上去好重的样子！不太好偷啊！

深色通常会比浅色显重。

敲黑板

帮你轻松减肥的颜色

真的有颜色可以帮助我们减肥吗？答案是肯定的。我们经常会用"色香味俱全"来形容美味佳肴，"色"为首，可见色泽对食物的重要性。在追求食物味道的同时，心理学家发现颜色也与食欲息息相关，不同的颜色会对我们的食欲产生不同的影响，有些颜色天生就是激发我们食欲的，有些颜色则可以抑制我们的食欲。在众多颜色中，冷色比暖色更能破坏人们对食物的好感，还有类似黑色和黑紫色这种让人一看到就会联想起变质食物的颜色，会被自动归结为"不好吃的记忆"。不舒适的视觉感受在一定程度上会抑制食欲，在减肥途中不妨尝试用难看的食物颜色来训练自己克制想要大吃大喝的欲望。巧用环境色来抑制暴食行为也不失为减肥的好方法，蓝色天生有镇静的作用，用蓝色的餐具或在用蓝色装饰的环境中用餐，可以缓解吃的冲动，从而平衡大脑传输"吃"和"饱"两种信号的速度，不让饱腹感的信号传送滞后于吃的行为。饱腹感的滞后往往是导致人们大吃大喝的罪魁祸首，这种寻找正确饱腹感的训练常被应用在医疗减肥的治疗中。

看起来就不是很好吃！

论视

除了利用颜色抑制食欲，回避所有能促进食欲、帮助进食的颜色也是减肥期间必不可少的环节，给吃"制造麻烦"应该也会是一个不错的减肥手段。这里不得不"提防"黑色，黑色的食物虽然难看，但当它成为餐具色时，局势就会有大反转，比如在吃日式料理时，黑色是激发食欲的利器，刺身在黑色餐具的映衬下会更加突显自身的鲜美。不想给食物秀色可餐的力量那就需要回避黑色和日料的配对。此外，白色的洁净感往往会让很多食物显得美味新鲜，让人在不知不觉中多吃，这个激发食欲的推手此处肯定要"毙掉"。还需要特别回避橙色和黄色，它们是增加食欲的一把好手，很容易使人产生香甜美味的联想，对于唾液分泌和胃肠蠕动有促进作用，会让人产生总也没有饱腹感的错觉，这绝对是减肥路上的绊脚石。当然最终实现减肥目标，还是要靠"管住嘴，迈开腿"的努力，"轻松减肥的颜色"只能是辅助工具，最终成败还是要取决于实际行动。

要性

看起来很好吃的样子！

让你快速入眠的颜色

"日出而作，日入而息"的日子对现代都市人来说遥不可及，好的睡眠，对很多人来说早就成了奢侈品。依稀记得团体课那位一直远远等候着的羞涩男生，直到围观咨询的人群逐渐散去才前来悄声问道："张老师，最近我工作压力太大，有点失眠，所以想请教一下房间用什么颜色可以让我睡得好些？"听多了"穿什么颜色能好看"的咨询，这个不太一样的提问倒是引起了我的注意。

关于可以助眠的颜色，往往要探讨两个问题。首先是颜色本身，除了饱和度非常高的颜色无法进入助眠队列，其他颜色都可以进入备选队伍；其次就是看个体，每个人对色彩的感受会有主观意识上的区别。此处个人喜好很重要，比如经常被提及可以舒缓情绪的蓝色和绿色，它们都是很好的助眠颜色，但如果遇到我这种讨厌绿色又不喜欢用冷色做环境色的人，那就无法用它们来帮助促进睡眠，因为还没开始发挥有效作用就先产生抵触情绪了，所以选择帮助你快速入眠的颜色，还是要以你的喜好为前提。一般来说，浅色系列的颜色会比较柔和，让环境安逸；冷色系列使人镇静，让环境安静；暖色系列让人温暖，让环境祥和；深色营造的黑暗环境，更有利于褪黑激素的生成，它可是促人自然入眠不可缺少的内分泌激素。所以选择加快入眠的颜色，首要条件是回避比较容易使人兴奋的高饱和度颜色，因为它会刺激人的脑神经使人迟迟无法入眠。至于其他颜色，可以根据自己的喜好而定，毕竟睡个好觉是一件很重要的事情。

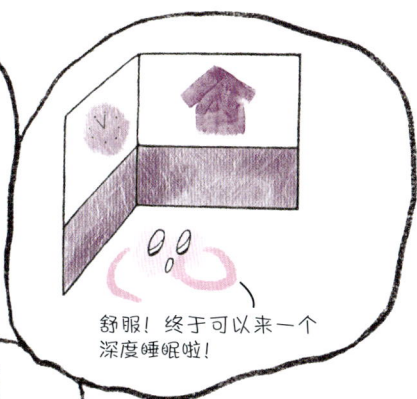

酷！凉爽！可以睡个好觉呀！

舒服！终于可以来一个深度睡眠啦！

烦躁啊！我这暴脾气！

看来要"美梦成真"，洗对颜色是关键！

色彩感知的秘密

　　有没有想过，为什么五颜六色中你偏偏会喜欢某个颜色，又会莫名地不喜欢某些颜色？其实这都是色彩心理在"作怪"。色彩对人类心理活动有着重要的影响，因此色彩心理学常被应用在儿童心理性格分析的研究中。不难看出色彩喜好和人的性格有着密切的联系，心理学家通常把研究对象的绘画图形和用色信息作为研究参考依据。大多数处于无拘无束年龄阶段的孩子，用色都应该是明快的，但存在心理健康问题的孩子，在颜色表达上往往会出现比较不一样的表现。比如把家长涂抹成"黑面煞星"，又或是把原本应该很明媚的场景画得很晦暗。当然也不是说出现这种情况就说明孩子性格有问题，在儿童性格分析上具体问题还是需要具体分析。借心理学的研究告诉大家，色彩除了有"外观"的能力，同时也具备着"内观"的本事。我们在被色彩影响心理感受的同时，内心也被颜色"出卖"着，你对颜色的选择往往也向外透露着你的性格，服装色彩既是你内心的"揭秘者"，也可以让我们通过颜色看懂他人。下面我们就来聊聊，色彩到底向我们透露了什么。

衣服的颜色就像我们的另一张"表情脸"。

红色的秘密

　　红色是一种很容易引起人们注意的颜色，喜欢红色的人通常比较外向，好表现自我、为人热情、活泼好动，行动力比较强。但是喜欢红色的人遇事也比较容易冲动，容易行事鲁莽，针对这个小缺点，可以通过减少穿着中的红色比例，来降低红色对行为冲动的"推波助澜"。有高血压的人群也需要尽量减少穿着红色，红色暗示的躁动感很容易引起血压上升。

　　在男士群体中，喜欢红色的人性格相对会比较开放一些，毕竟红色在使用性别上更倾向女士。可以接受大面积红色穿着的男士，通常也代表着其对新事物有更高的接受度，有着一定的自信心。有些具备文艺才情的男士也会比较中意红色。相对而言，性格比较传统守旧的男士就算告诉他适合穿着红色，他也很难接受建议，外放的红色会让性格内敛的他浑身不自在。

　　男士不喜欢穿着红色，不代表他们不接受女士喜欢穿着红色。有研究表明女性服务员穿红色制服时得到来自男性消费者的小费会比不穿红色时增长26%，结果足以表明，红色穿在女士身上是深受男士喜爱的，所以不喜欢红色的女生，在约会场合不妨采纳一些红色元素的装扮，面对爱情，红色可是一个很"旺桃花"的颜色。

穿红色的女生就是好看！

看来约会穿红色是个不错的选择！

我们也都是"恋爱色"呀！

黄色的秘密

黄色可以说是一个有着两极化含义的颜色，从古时皇家御用的黄色，到19世纪用作色情书籍封面的黄色，它能集尊贵和庸俗于一身。喜欢黄色的人，性格自然也会有着极大的跨度。因为比较乐观，凡事好奇，所以容易接受新事物；有追求有理想，但是同时也会缺乏坚持下去的恒心，很容易养成遇难而逃的习惯；因为喜欢自由自在，所以有时不喜欢被拘束，也会给人以自由散漫的印象。

看到黄色果然开心！

嘿嘿！嗨起来！

基于其明快、年轻的情感特性，黄色经常会出现在儿童用色里，这无形中也赋予喜欢黄色的人一些"孩子气"的特点，他们不想自立，总想省心地依附他人，独当一面时往往会有压力。好在喜欢黄色的人性格中与生俱来就有着亲善的交际力，往往可以缓解求人帮忙时的尴尬，让他人比较容易施予协助。然而，容易得到也会容易不珍惜，所以喜欢黄色的人需要培养感恩之心，并注意约束自己日益膨胀的索取之心。喜欢黄色的人可以多搭配一些黑、灰或是具有约束力的冷色，以此来平衡自己跳跃的思维。

　　不喜欢黄色的人也不妨找机会用一些黄色，黄色会刺激快感神经，使心情保持愉快，也许这种尝试可以带给你无比轻松的体验。

蓝色的秘密

身为冷色调界的"扛把子"，蓝色很容易让人联想到冰冷的事物，比如深邃的天空、浩瀚的大海。喜欢穿蓝色的人也会因蓝色的这个特性，让人感觉到有距离感，不过有时这种距离感是他们墨守成规的刻板行为给外人带来的初印象。理智、理性也是喜欢蓝色的人具备的内在性格之一，他们不太会喜于言表，也许有时内心有起伏，但外表给人的感觉依然是泰然自若，所以也会给人谦虚、和蔼的印象。谨慎入微让他们凡事不会很冲动，就算有不满也会压抑情绪，谦和地处理。喜欢蓝色的人善于团队协调，毕竟冷静状态下的协调力肯定会更强。

就蓝色色彩性别倾向来说，日常大家更倾向用它表达男性。喜欢蓝色的女生相对喜欢粉色的女生，性格更加干练独立，也更容易喜欢简洁的物件，对花哨的点缀经常敬而远之。喜欢蓝色的女生需要增添柔美之时，不妨多选择淡天蓝或浅水蓝，浅蓝会比深蓝更显温柔可爱。

不喜欢蓝色的人在情绪紧张时，可以借助蓝色的力量稳定情绪，越深的蓝色镇静作用越强。当大家想体现职业性时，可以多使用藏蓝等蓝色家族里的深色系列，身穿深蓝色衣服的人往往更容易让人觉得可以委以重任、值得信赖。

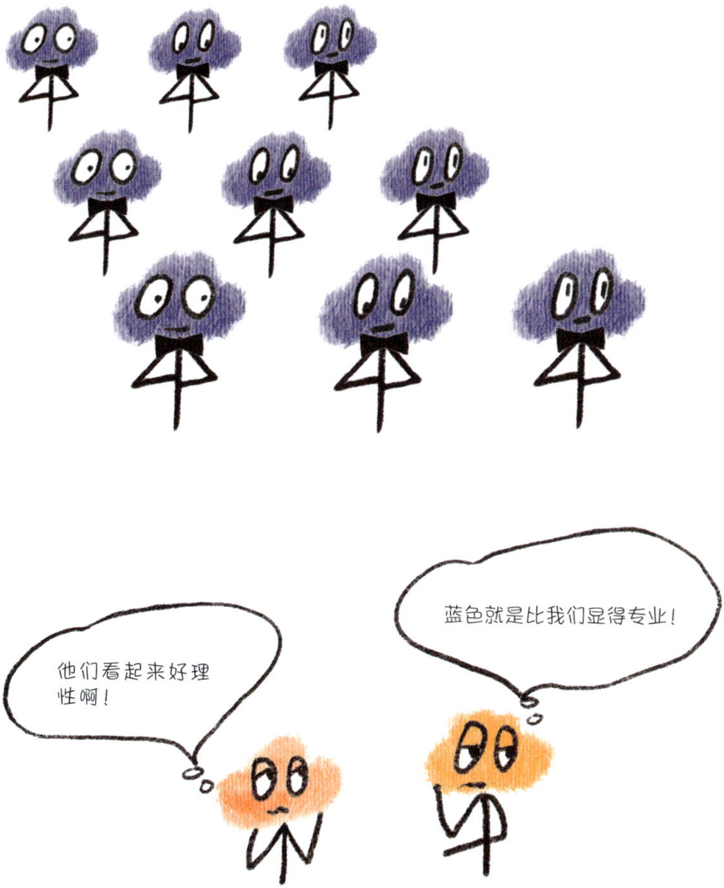
他们看起来好理性啊！
蓝色就是比我们显得专业！

橙色的秘密

喜欢橙色的人，一般都会比较随和、不认生，很多都会自来熟，性格也会比较开朗，经常会给人精力充沛，甚至无法停歇下来的感觉。他们喜欢交友参团，喜好集体式的活动，在团队中会有很好的服务精神，比较健谈，但有时也会因言辞太多，过于突出表现而引起大家的反感。

喜欢橙色的人虽然擅长社交，但是婚姻缘也许会略微欠佳。比较"江湖"的说法是他们由于太过沉迷"群体生活"，而担心走进"小家"就远离了"大家"，最好通过多穿冷色来平衡这"博爱"的心，也可以多使用有助于提高自我存在感的紫色，来慢慢调整惧怕离开"大部队"的潜在不安。其实家庭生活和集体活动并不冲突，完全可以通过时间的合理安排来达成平衡。

男士在传统职业场合不适合大量运用橙色，还记得那个戴黄色领带去面试的故事吗？橙色和黄色都会存在职场不严谨的问题，不是每个人都有故事里欧阳先生这样好的运气，颜色正确的场景应用对于我们每个人都是很重要的。对于不喜欢橙色的人来说，在自己郁郁寡欢的时候，不妨找一些橙色点缀，来调试自己的心情，找一个橙色的环境也会给颓丧的心情带来一丝温暖。

紫色的秘密

提到紫色，人们总会觉得很神秘，好像总有隐藏在深处无法预测的魔幻力量。喜欢紫色的人通常个人直觉超前，第六感敏锐，艺术感知力强，审美力和鉴赏力都有不错的表现。设计师、艺术类人群中很多人都会喜欢紫色，个性的独特往往是他们努力追求的，精神世界对他们来说比物质世界更具有吸引力。喜欢紫色的人思维独特、创造力强，也会很容易热衷于充满艺术感和神秘感的事物。

在古代，无论是西方贵族还是东方皇家，紫色都是他们常用的颜色。北京故宫旧称"紫禁城"，字里行间都表达了皇家对紫色的热爱。"帝王色"的身份赋予了紫色象征尊贵的特性，喜欢紫色的人性格里多少也会有一些重视自身尊贵的意思，不是很容易与外界打成一片，自我个性比较强。往好里说，他们比较容易树立独立的人格；往坏里说，喜欢紫色的人容易自负、孤芳自赏。不过这种不在乎他人眼光的性格，倒也不妨碍他们独自行走在社会上，他们独特的才华和敏锐的灵性完全可以支撑他们的不合群，也许特立独行就是他们才华横溢的源泉。

紫色的"双面性"也赋予了它独有的魅力，红蓝的结合，让它既有红色的积极主动，又有蓝色的冷静沉着。喜爱紫色的人集红与蓝两种颜色的能量于一身，他们很会平衡关系，凭借他们的超强感知力，在与他人相处时，总能及时感知对方感受，善于换位思考。当然要让他们服从，也必须他们愿意主动放下傲气，否则谁也无法让他们放下自我，正如粤语俗语所云："牛唔饮水，唔搇得牛头低"（牛不喝水，不能强按头，暗指无法强迫之意）。

我们是高贵的！

我们是神秘的！

喔喔！神秘的精灵！

哇！高贵的公主！

那我们就是集高贵和神秘于一身的艺术家咯！

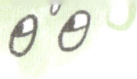

绿色的秘密

绿色总是会和大自然联系起来，让人想到草地、森林，这种放松也正是喜欢绿色的人的内心写照。他们表达自我时不喜欢拐弯抹角，喜欢很直接的表达，有时表现得比较直率；他们和平意识较强，性格正如绿色表达的安宁；他们为人和气，人际关系比较和谐；他们比较重视自己的价值体现，因此会在乎自己在他人眼里的地位，希望得到他人的尊重；他们对于赞美的言辞没有抵抗力，只要有肯定和赞美言语相伴的请求，他们通常都不容易拒绝，哪怕千辛万苦也会去帮助求助者，所以想有求必应不妨去找喜欢绿色的人。当然，如果你是一个喜欢绿色的人，想让自己耳朵根儿不要那么软，就适当多搭配一些黑色、紫色，来给自己定制一道坚固的"防护罩"吧！

容易情绪起伏、发火动怒的人，无论喜欢绿色与否，都不妨多使用绿色，绿色的舒缓作用可以让人冷静，也可以借助绿色的环境进行调整，正如置身大自然的人们总会觉得心旷神怡一样，平静、松弛、镇静都是绿色可以带给我们的。

呃……那好吧……

可否……

小绿好说话，去找小绿帮忙！

技巧！方法！
离用色好看又近了一步！

04

穿衣用色

顾问不会告诉你的那些事儿

如何快速建立选色体系

看血管颜色不如看色彩状态

关于应该如何分辨自己皮肤的冷暖调，网上盛传"看血管"的方法，如其所说："血管偏蓝或紫色的人是'冷皮'；血管偏绿或橄榄色的人是'暖皮'；血管颜色在蓝绿色之间摇摆不定的人则是'中性皮'。"暂且不说这种方法可行与否，先看一下医学上是如何说血管颜色的吧。

根据血管类型的差异，血管颜色有所不同，动脉血管因为血液含氧量充足，所以多呈红色或鲜红色；而大多肉眼可见的血管为静脉血管，静脉血液将氧气送至身体各部位，因此静脉内血液颜色大多呈暗红色。透过肤色和皮脂层，从皮肤外观察静脉血管，颜色以青紫为主，部分人会呈现蓝色。当人处于缺氧或寒冷环境，血液含氧量低时，肉眼所见的血管会呈现紫色，部分人血液流通不畅或是血小板减少导致血液系统造血功能异常时，血管也会有呈现紫色的情况。看到这里大家应该清楚了，我们血管的颜色和血氧饱和度关系很大，它是一个变量，会随着人身体状况的变化而变化。这样看来通过血管颜色分辨皮肤色调的方法是不可取的，因为不确定因素太多，用它评测不够严谨，所以还是用色彩给我们带来的状态变化来测试更靠谱！

"冷皮"？

"暖皮"？

晕！

分辨皮肤冷暖色调，还是通过色彩测试比较靠谱！

敲黑板

选色体系第一步之高效取舍

　　日常生活中大多数人的"穿不好"都是因为不会挑选衣服。总是"穿不好看"的经历不仅摧毁了人们对长相的自信，还消磨着人们选衣服的耐心。长久消极的挫败感会让人不愿再花心思打扮，从而陷入越不打扮越不会"穿衣服"的恶性循环中。要解决"不会穿"的难题，就先要学会做选择题。影响穿衣状态的因素有很多，比如颜色、款式、面料、尺寸、做工、搭配等，每当挑选衣服时，就需要面对它们一起出现"轰炸"我们大脑的情况，此时的我们往往会无从下手。如果将它们拆分后分别比对，事情就会变得容易很多。就选择颜色而言，首先将颜色属性拆分成三组选择标的——深和浅、冷和暖、净（高饱和度）和柔（低饱和度），每次试穿只比对一组标的，每次只做"二选一"的选择。每次分不清衣服好坏的时候，打散标的比对总是最好的方法。我们通常会发现，真正操作起来，第一反应更好看的那件衣服往往就真的更好看，只是专业的人有理论支持，能说出好坏的理由，而普通人只是凭感觉，说不出问题所在，也容易被其他因素影响判断。因此设立取舍标的，比对有理有据，自然好下定论。学会取舍思路是建立选色体系的第一步。

晕！真不知应该选哪件呀！

对了！老师教的口诀念起来！深浅、冷暖、净柔，比起来！

第一遍	深VS浅	冷	暖	柔	净
第二遍	深	浅	冷VS暖	柔	净
第三遍	深	浅	冷	暖	柔VS净

第一遍　深好看　✓
第二遍　冷好看　✓
第三遍　洗不出　○

三盘两胜，这件胜出！

哦哦，知道啦！就选这件！

选颜色的时候这样整理思路就对了。记住选色细分标的进行比对，每次只针对一组标的进行二选一的选择，标的不分先后，先得出答案的标的可先做选择，不知道如何选择的标的可弃权选择，选中次数多的颜色就是最终应该被选择的对象。这种选择方法可以帮助我们高效取舍，同时也是科学选色的有效训练，熟练后在一定程度上可以解决盲目选择的问题。

敲黑板

选色体系第二步之快速锁定

快速锁定让自己显得好看的颜色,是建立选色体系第二步要解决的问题。任何质的飞跃都要有量的积累,初期积累阶段建议大家多试少买,试穿的过程不要设置任何门槛,对于所有颜色无论喜欢与否,都要给它们上身体验的机会,这样就不至于发生适合你而你却从没有穿过的情况。

在日常试穿中,依然采取"二选一"的选择方式,做好记录是快速锁定颜色的关键。要善于记录单次胜选的答案,重点记录胜出次数较多的颜色,并有意识地将它与其他未确定过的颜色比对,并将最终胜选者作为下一个同样标的选择的参考起点。例如在进行深浅的 10 次比对中,其中有 8 次感觉深色好看,有 2 次感觉浅色好看,那么深色为最终获胜者;再次比对深浅时,比对颜色深浅度的起点就从深色开始。如果遇到某个颜色总是保持常胜将军的地位,那你就需要建立与"最适合颜色"的对接,也许它就是最适合你的颜色群体里的成员。随着比对次数增多,你会发现选择范围逐渐缩小,你选择的颜色也越来越接近最适合你的颜色群体。虽然整个积累过程中会受衣服颜色种类的局限,通过"二选一"选出的颜色也未必是最适合你的颜色群体里的成员,但它的颜色肯定是这款衣服中最适合你的。当然能最快锁定适合颜色的还是专业的色彩测试,自然也是需要支付测试费用的,不同资历的顾问咨询价格也会有所差异。如果不想付费那就只能花费时间自己找寻,鱼和熊掌从来就不可兼得。上面比对记录的方式不失为一个很好的寻找方法,但需要同时付出时间和耐心。"用科学的思维去打扮"是我一直希望传递给大家的理念,其中益处谁用谁知道。

快速锁定合适颜色的方法:一、有意识记录可以使自己好看的颜色;二、找专业顾问做专业的色彩测试。

敲黑板

这个深紫色出现"好看"的频率最多，拿小本本记下来！

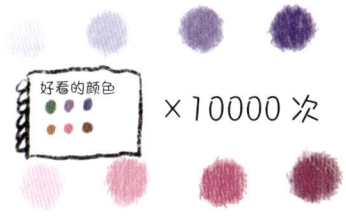

几乎每次都是深色好看，看来我适合穿深色呀！

 ×10000 次

✓　✕　✕

选色体系第三步之用色得当

锁定了好看的颜色，并不代表就万事大吉了，你还需要检查色彩搭配的比例，就算是适合的颜色，但不正确的搭配比例也会导致色彩关系改变。假设深色是能呈现你最佳状态的颜色群体，这就意味着深色的比例要占到你全身搭配的 80% 以上才会好看。一旦深色占比低于 80%，色彩组合就会开始脱离好看的状态。当你无意间让浅色占据了全身搭配的 80%，就等于穿了一件浅色的衣服，哪怕最适合的深色依然占据 20% 的比例，这种不恰当的色彩比例关系所产生的不适合的色彩状态，也会导致较差的用色效果。因此用色比例同样重要，适合自身色彩关系的颜色必须占搭配组合的主导地位。要有主导地位就必须满足以下条件：一是适合的颜色数量足够多，二是适合的颜色面积占比足够大。例如色彩组合中共有五个颜色，其中需要有四个以上的颜色是适合的颜色，并且这四个颜色的合计总占比不能低于全身搭配的80%。假设它们合计占全身搭配的 20%，就算数量占优也无济于事，不适合的颜色虽只有一个，但在全身搭配中 80% 的占比足以让它左右整体的色彩感受，所以用色比例得当是正确选色中非常关键且不容忽视的环节。

这件衣服有这么多合适的颜色，
怎么还是穿得不好看？

这件衣服合适的颜色
数量足够多，用色面
积也足够大，肯定适
合穿！

不合适

合适

合适 合适
合适 合适
合适
合适 不合适

颜色不能单一以数量取胜，关键还是要看
用色面积的大小，合适的颜色在衣服上的
占比一定要大于不合适的颜色，否则哪怕
只有一个不合适的颜色，只要它超过了合
适颜色的用色面积，也是会影响衣服好看
程度的！

敲黑板

🧍🧍 如何高效用色

穿了适合的颜色为什么还是不好看?

　　除了前面提到的色彩比例失调会产生这种现象,用色位置出错也会陷入这样的窘境。很多人会忽略用色位置对时尚度的影响,甚至很多缺乏经验的顾问也没有意识到位置的重要性,明明按照色卡给顾客搭配,顾客的状态却还是不够理想。用色位置需要与人的时尚度相匹配,一般来说,"上浅下深"是比较符合大众审美习惯的用色位置,这样的配置也比较符合大多数人的时尚度,容易穿出好看的状态;"上深下浅"的配色则更适合时尚度比较高的人群,时尚度不够还这样搭配,就会失去应有的气质。在没有把握时,用色位置还是遵循"上浅下深"的原则比较保险。

颜色与年龄也有着微妙的关系，不恰当的年龄用色也会让好看的颜色不再好看。年龄越趋于长辈级别，跳跃颜色的衣服种类就越要缩减，也许这样的说法会和大家以往的认知有所出入，现实生活中也是年纪越大的人越喜欢大红大绿的艳色装扮。这里并不是说年纪大的人不能用艳色，而是提醒用色位置对年长之人的重要性。正如芭比粉的围巾和毛衣，相比芭比粉的西装更容易让年长的人显得好看，不至于"鲜亮"得失去长者独有的沉稳气质。

当我老了……我还是选芭比粉围巾，低调点吧！

　　这里需要注意，除了人本身的色彩关系，艳色的应用数量要与人的时尚度成正比，时尚驾驭度很高的长辈依然可以将艳丽的搭配应用在很多种类的服饰上，但是这类长者在大众中属于"稀世珍宝"，所以合适的颜色还需要合适的出现时机。

就算是合适的颜色，也需要用在合适的位置才能好看！

敲黑板

每天不知道穿什么？
——上衣、裤子、大衣、鞋子

　　你每天会为了穿什么而烦恼吗？我知道就算缩小了适合颜色的选色范围，有选色困难症的人还是大有人在，其中原因就在于不会分配用色区域。这里教大家一个解决方法，首先将颜色和衣服分类，颜色按艳丽程度分成"显色"和"不显色"，红、蓝、黄、绿、紫等彩色为"显色"，黑、白、灰和大地色系为"不显色"；衣服则按购入费用高低分为"高价值"和"低价值"两类，正装类的西装、西裙、西裤、皮鞋、皮包，以及羊绒大衣、羽绒服等分到"高价值"，类似围巾、T恤、运动鞋等休闲类的服饰和配件分到"低价值"。

　　其次为它们分配"工作岗位"，"固定岗位"可安排经典耐用且弃用率低的颜色和衣服品类，"不固定岗位"可以安排随着季节与潮流变化常会更新换代的颜色和衣服品类，将"不显色"分配到"固定岗位"工作，这样搭配效率会更高，这和黑色的裤子总会比红色的裤子更容易搭配是一个道理。而"高价值"的衣服品类同样是"固定岗位"的好选择，"高价值"的衣服品类多应用黑、白、灰和大地色系，更经得住时间的考验，从而可以更好地降低衣服的淘汰成本；"显色"和"低价值"的衣服品类则是"不固定岗位"的不二选择，它们可以采纳当即流行元素来使着装保持一定的新鲜感和时尚感。衣服品类和颜色有了很好的对应，颜色上再遵循"里素外艳，外素里艳，上素下艳，下素上艳"的原则进行搭配，每天穿什么的难题就可迎刃而解了。

紫 红 橙 黄
蓝 青 绿
显色

—— 不固定岗位
（易淘汰）——

Ｔ恤
运动衣
围巾
低价值
运动鞋

颜色

衣服

灰 黑
大地色
不显色

—— 固定岗位
（不易淘汰）——

西装 大衣
西裤
羽绒服
羊绒毛衣
高价值

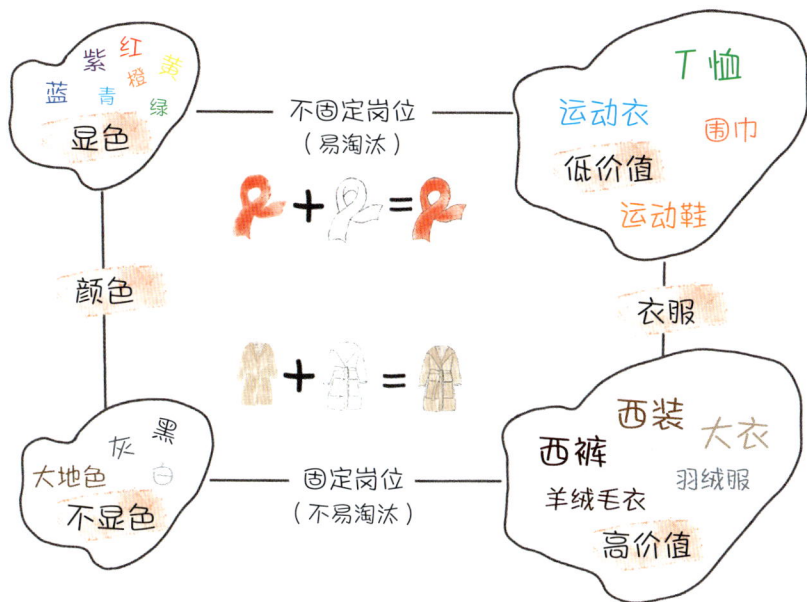

这里需要提醒大家，文中提到的"显色"和"不显色"并不是专业概念，此处不需要咬文嚼字地理解，就是泛指显眼的颜色和不显眼的颜色。文中"高价值"和"低价值"的单品分类也不需要完全按照举例死板执行，现实中衣服的高价值和低价值是相对的。不同品牌各自的市场价格定位有所不同，高价定位的品牌Ｔ恤有时也许会比低价定位的品牌大衣价格还贵。

这里旨在教授大家在选择衣服时的取舍方法，在实际应用中大家可以根据自己购买衣服的实际情况分类。

敲黑板

出入这些场合应该穿什么？
——面试、婚礼、相亲

　　请轻松对待这个问题，因为它并不只是你一个人的疑惑，很多人都会对不同场合的着装用色有困惑。其实色彩有自己出入场合的"等级制度"，色彩显色度越低，表达的严谨度越高；色彩显色度越高，表达的严谨度越低，颜色显色度与场合严谨度成反比。就面试、婚礼、相亲这三个场合来讲，显色度最低的黑、白、灰和大地色系最适合严谨的面试场合；婚礼场合需要有一定礼数，严谨度稍缓，显色度中等的香槟、浅金、浅粉、浅紫等色就很适合；相亲场合自己是主角，没有特定约束，怎么好看怎么穿，只要是自己适合的颜色就可以，颜色的艳丽程度也没有太多限定。按照这个"等级制度"来出入场合就会容易很多！

　　关于文中提及的"显色度"也需给大家一个说明，这里并非指某个学术概念，而是泛指颜色的明显程度，以及人看到颜色时感受的强烈程度。"显眼的颜色"在学术上会涉及颜色很多方面的变化，有些颜色的显眼是明度使然，有些则是饱和度起的作用，无论是什么原因让颜色变得显眼，都不会影响大家对这些颜色显眼程度的认知。比如大家对于黑色、白色、灰色、大地色的"低调、不显眼"和艳丽色的"高调、比较显眼"还是可以达成共识的。在这里，希望可以用"等级制度"分类的方法协助大家更好地掌握颜色的场合应用。

哦！早知道这些，就不会被当成"姐姐"了！

高 ——————— 颜色饱和度 ——————— 低

| 相亲 | 婚礼 | 面试 |

低 ——————— 场合严谨度 ——————— 高

场合严谨程度和穿着
朴素程度成正比！

敲黑板

★★★ 如何快速配色

懒人配色方法之一 —— 找相同底色

　　色彩搭配从来都是有套路的，要快速配色就要知道令它们和谐的搭配路数。有些颜色不经意间地搭在一起就能那么和谐好看，其中奥秘就是它们都有着一个共同的底色。单一色相很容易找到相同底色，比如共同拥有蓝底的深蓝和浅蓝，共同拥有绿底的深绿和浅绿，只要运用浓淡搭配法就可以实现它们的完美搭配。

深浅搭配总会是个不错的配色组合！

不同色相的相同底色就没有那么明显，并不是所有底色都显示在表面，有时需要用色彩知识来"挖掘"它们的内在。此时是不是很庆幸你已了解了色彩原理，想想前面介绍过的邻近色，相邻的颜色色相都很接近，有些会共同含有三原色中的某一种颜色。正如经常出现在橙汁包装上的橙、黄、绿，它们和谐共处，烘托着橙汁的甜美，其中共同拥有的黄底调对广告效果的呈现功不可没。有相同底色的颜色总是可以很协调地搭配在一起，只要找出相同底色就可以找到完美的配色。

不要告诉别人，我们的底牌都是红色！

浅

深

嘿嘿！我们都有黄色底调！

嗯嗯！

哈哈！你们都是我的！

在隔壁邻近色里很容易找到相同底色的颜色！

懒人配色方法之二——巧用反差色

　　只要有不一样的色彩属性，就会有反差，对比配色就是巧用反差的配色典范。深浅不一样的为明度对比，饱和度不一样的为艳度对比。属性差距越大反差就越大，形成的对比效果就越强烈；属性差距越小反差就越小，对比效果也越弱。强对比视觉冲击力强，弱对比视觉冲击力弱，通常色相环中夹角大于 120°的两种颜色都可成为对比配色的好搭档。夹角越大对比关系越强烈，其中夹角为 180°的互补色对比也是最为强烈的。

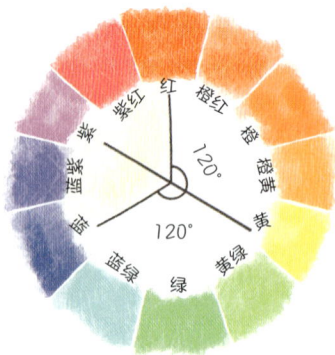

可以在色相环夹角 120°~180°的区间里找到对比色，反差色使我美丽！

周日

周一

周二

周三

只要配色技术好，
365 天穿搭不重样！

周四

周五

周六

懒人配色方法之三——突出单一色

色彩搭配并不是色彩越多越好，有时对单一色进行突出表达，更能妙笔生花，适当的从简也是一道风景。这时你只需取两种颜色，让它们的使用面积形成较大反差，简单理解就是用一个颜色做底色，另一个颜色做图案色，大面积颜色要做到全身心"忘我"，小面积颜色必须做到"唯我独尊"，两者组合以突出小面积颜色为重点，这种简单的单一重点配色手法往往可以低调地彰显品位。试想一下，在那一身黑色帅酷的西装下不经意地露出一抹红色，脚踩着那若隐若现的红色高跟鞋穿行在摩天大楼中的样子是不是很美好。

酷！我真是个天才！这红皮鞋搭配得太帅啦！

我们活学活用的样子
也不错吧!

用单一的小面积颜色点缀整
体大面积颜色,真可谓是神
来之笔啊!

懒人配色方法之四——提取任意色

　　五颜六色的衣服有时会让人很头疼,对其进行搭配是不是总会无从下手?其实只要方法使用正确,再多的颜色也不用担心。事实上颜色越多,配色越简单。颜色越多意味着可选择的对象也越多,你只需要拿起"吸色器",吸取五颜六色中的任意一个颜色,就可以拿来进行配色,只是每个颜色搭配出来的效果会有所不同,根据实际需求来选择配色即可。如果是物品的配色就结合场景表达,如果是穿衣用色就选取与适用色卡有交集的颜色。这种提取任意色的方法,是不是简单到手到擒来?

背心上的颜色随便挑选一个就可以作为短裤的颜色啦!

放大招儿——配色好看的法宝

最后给大家一个法宝，让大家都可以随手搭配出好看的配色。色彩搭配效果差，大多都是败在没有掌握色彩"群居"的要领，要想让色彩和谐共处，必须懂得拿捏每个色彩的特性。相同"性格"的颜色放在一起，才会有"歌舞升平"的景象，所以配色好看的诀窍就是要选取有共同特性的颜色来进行搭配，共性越多，搭配效果就越好。比如就色彩的明度、饱和度、冷暖色调三个特征来讲，选取三个特征都相同的颜色进行搭配，是最容易搭配出好看的效果的，当然也可以选取其一或其二特征相同的颜色进行搭配，都会比完全没有共性的颜色搭配效果好。

不太好看

不好看！

真的不好看！

142

共性可以让色彩特性表达层次相仿，和谐的搭配组合想不好看都难，而没有共性的颜色搭配出来的效果往往都不太理想，这和可以进入同一"朋友圈"的人肯定都会有共性，而"话不投机半句多"的人很少能走到一起是一个道理。

好看！

果然是这组颜色好看！看来还是特性相同的颜色更容易搭配出好看的效果啊！

✔ 好看

# 如何提高色彩辨识度

分不清的深浅

　　相对于其他色彩特性来说，人们对深浅的辨别属于辨识准确率较高的，大多数人对于颜色的深浅都可以有比较快速的反应。但在日常教学中，我发现面对某些饱和度极高或者极低的颜色，很多人对其深浅度的判断就会变得不准确，这都是被明度和饱和度接近两极的颜色状态所迷惑导致的，此时颜色的明亮艳丽、暗沉混浊经常让人分不清到底是由明度变化造成的，还是与饱和度变化有关，从而影响了对颜色深浅的判断。要想改善这种辨认困难的情况，就需要通过一些训练来提高我们的识别能力。首先，需要在大脑层面将明度、饱和度分开辨识；其次，选取高饱和度和低饱和度的颜色做明度的针对性辨识练习。进行明度辨识训练时需要仅考虑颜色与黑白的关系，将黑色和白色设置为训练色标，将深浅判断有疑问的颜色放至黑白色标中间，观察该颜色的色彩表象是更接近黑色还是更接近白色，如果接近黑色则偏深，如果接近白色则偏浅，对于日常无法一眼定论深浅的颜色，用该方法训练数日，就可以形成对颜色明度位置的认知，辨识深浅的能力也会有所提高。

高 ——————— 明度 ——————— 低

靠近白色属于浅色　　居中区域　　靠近黑色属于深色
　　　　　　　　　　中等深浅

白
（明度高）

黑
（明度低）

代入法是建立色感很有效的训练方法，这里需要提醒大家：日常使用中对颜色饱和度及深浅的认知标准需要与电脑绘图工具上相应的数值应用区别对待。通常会把看上去泛旧、显脏的颜色归类于低饱和度颜色应用，而把看上去干净、纯正的颜色归类于高饱和度颜色应用。某些颜色在明度、饱和度的日常归类会与电脑绘图软件工具数值的归类有出入，应用中应将关注重点放在颜色的色感辨认和使用方法上，不要纠结于数值指标毫厘的比对，毕竟实际应用中颜色的千变万化永远不是一本教科书的内容可以呈现得完的。

干净　　显脏

敲黑板

分不清的冷暖色调

对于冷暖色调的分辨，我们需要借助色相环来进行训练。针对不同颜色，需要用不同的训练方法，针对绝大部分颜色，可以用区域代入法来训练，把色相环想象成一个披萨，在色相环的紫红和蓝绿处一分为二，将含有蓝色的半圆设为冷色调区域，含有黄色的半圆设为暖色调区域。将分辨不清的颜色带入区域区分，看看它回归色相环后的具体位置，在黄色半圆的为暖色调，在蓝色半圆的为冷色调。例如黄绿色和蓝绿色，暖色调的黄绿会更近黄色，而冷色调的蓝绿会更近蓝色；又如紫红和橘红，紫红在含蓝色的半圆里，由此可见它是冷色调的红，橘红在含黄色的半圆里，由此可见它是暖色调的红。这样代入训练，久而久之就可以分清颜色的冷暖色调了。

然而，对于蓝色、紫色、黄色这些既有冷暖色调区分又完全包含在同一半圆里的颜色来说，就无法再使用区域代入法训练了，此时需要代入色相环看位置来训练。比如蓝色的暖色调区域在色相环排列中更靠近绿色，像水蓝、浅水蓝就是为数不多的暖色调的蓝；而紫色的暖色调区域在色相环排列中更靠近红色，如红紫色就是暖色调的紫色；而对于绝大多数为暖色调的黄色，其冷色调区域则在色相环排列中更靠近绿色，如柠檬黄就是黄色中极少的冷色调。冷色调的颜色在专业领域指带有蓝色底调的颜色，而带有黄色底调或红色底调的颜色就是暖色调的颜色。此时是不是更能理解橙色为何没有冷色调了？这是因为红黄两个暖色合成的橙色是无法拥有蓝色底调的，所以也成就了橙色暖色调的唯一性。至此，不会分辨冷暖色调的难题是不是立刻土崩瓦解了！

暖

暖色调的蓝色更靠近绿色呀!

蓝

青

C

B

冷色调

暖色调的紫色更靠近红色呀!

冷色调的绿

绿

G

暖色调的绿

洋红 M

冷色调的红

暖色调的红

暖色调

R

红

Y

黄

冷色调的黄色更靠近绿色呀!

大多数的颜色都可以用区域代入法训练，在色相环蓝色半圆内为冷色调，在黄色半圆内为暖色调。针对蓝、紫、黄这种既同时有冷暖色调但又完全在同一个半圆内的颜色，就需要用位置代入法训练，它们的暖色调总会在色相环更靠近黄色的位置，而其冷色调则会在色相环更靠近蓝色的位置。

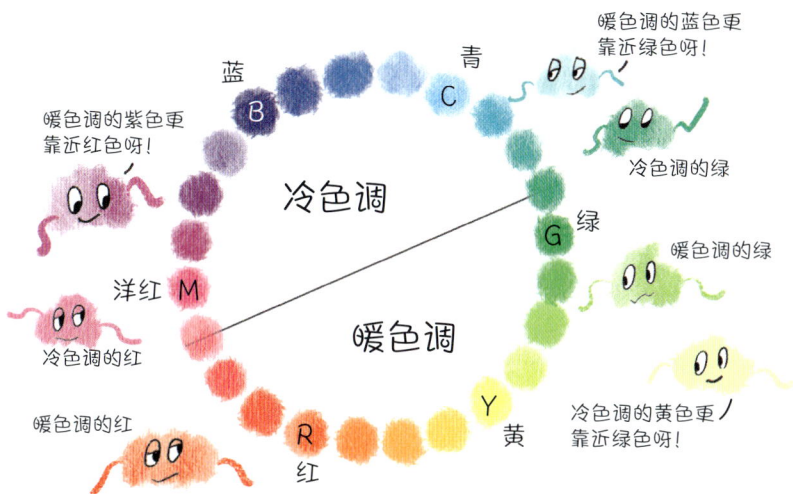

为了更好地展现冷暖色调的关系，这里特地选用了24色色相环，色相环有很多种类，无论大家使用哪一种，使用方法的底层逻辑都是相通的。

敲黑板

分不清的色彩季型

色彩季型并不是日常的"必备品",学习者和使用者大多是相关从业人员,对于普通人来说,分不清影响不大。但是如果知晓了它们分类的渊源,就可以借鉴色彩季型的分类模型来给自己做拓展选择。每个色彩季型都有自己的"亲戚家",而这个"亲戚家"的颜色刚好可以成为自己专属颜色的补充。这可以简单理解为自己专属色彩季型里的颜色能让自己达到 100 分的状态,而"亲戚家"借来的颜色则能让自己的状态达到 80 分。如果懂得合理使用,就可以将穿衣用色的范围放大很多,而且在市场上更容易找到使自己的状态接近 100 分的色彩搭配组合。

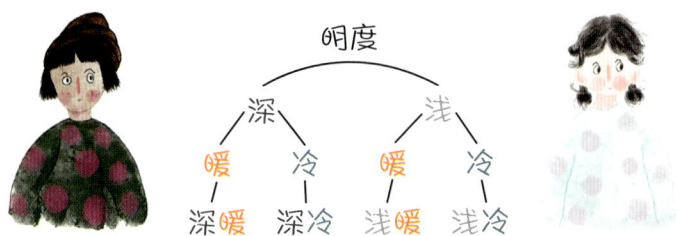

明度

深　浅
暖　冷　暖　冷
深暖　深冷　浅暖　浅冷

色调

冷　暖
亮　柔　亮　柔
冷亮　冷柔　暖亮　暖柔

饱和度

净　柔
暖　冷　暖　冷
净暖　净冷　柔暖　柔冷

看过插图，大家不难发现有些类型的首字是相同的，且名称也仅有一字之差，这种相似名称类型正是前面说的"亲戚家"，因为它们有着相同的主基调，所以它们的色彩成员是最接近的，哪怕这两种类型是归属于两个不同的季节分类，也完全不影响它们的色彩成员有共性特征。正如属于秋季型分类的深暖型和属于冬季型分类的深冷型，虽然它们归属的季节分类是不同的，但是丝毫不妨碍它们拥有同样主基调为深色的色彩组合。正因如此，如果你是一个深冷型人，当你穿腻了你的专属颜色后，不妨去深暖型的色卡里"淘宝"，或许会有不错的发现，其他类型也能以此类推。当然这里并不提倡在没有穿好专属颜色之前去"剑走偏锋"，那样只会证明你的专业能力还欠佳。一定要先追寻专属，再去探索其他的可能，否则你的应用效果肯定是不佳的，一个连自己最美状态都没有尝试过的人，是根本体会不出不好的状态与好状态之间差距的。我曾遇到过不少新入行的从业者给客户的方案是不严谨的，比如给暖色型客户建议的颜色首选是紫色，而与暖色型人用色特性背道而驰的紫色，能使暖色型人达到最好看状态的概率是极低的，就算作为穿腻本色系后的补充方案也是"勉为其难"。如果在这里还作为主力推送，只能说明他们水平不足，错误应用后还不能发现客户状态的不好，那就更加糟糕了。

色彩按照明度、饱和度、冷暖色调的属性分成 12 种类型，与我们用色规律的类别一一对应，每个人最适合的颜色都在相同用色规律的色彩组合中。

敲黑板

可以死记硬背的经典色彩搭配组合

红色的配色组合

只学会找适合的颜色还不能实现穿衣好看的"自由"，好的颜色离不开好的搭配，色彩搭配就是需要我们面对的新课题。这里不得不提"死记硬背"，直接记忆经典色彩组合的快餐式应用，在任何时候都是一个快速提高配色能力的好方法，就像熟记英语短句总比死磕英语单词更能早一步打破"哑巴英语"一样。这里需要注意的是，可以将搭配组合理解为一个公式，不同色彩季型的人要达到自己最好看的状态，就需要将属于自己用色规律的颜色代入配色公式应用。

红 + 粉

每种颜色都会有各自不同的情感表达！

可爱小女生

成熟大女主

红 + 紫

每个人适合的红色和紫色都会有所不同，遵照各自的用色规律使用红配紫的公式，各有各的精彩！

净冷型

冷亮型

深冷型

红 + 绿

红绿配色组合的好看程度完全依仗组合颜色的明度、饱和度和冷暖色调的一致程度！

深

浅

冷

暖

净

柔

蓝色的配色组合

　　色彩搭配组合除了要结合自身用色规律，还需要将人们对配色组合整体的色彩印象考虑周全，每个颜色都会有各自的情感表现，色彩组合的情感意义会随着组合成员的不同而不同。原本表达恬静的蓝色和红色搭配后，冷静的色彩印象立刻会转变为强烈的对比；要想维持蓝色原本清爽的感觉，就需要搭配表达同样情感意义的绿色和紫色；要想转变蓝色沉稳的初印象，莫过于和善于表达活泼的橙色和黄色搭配。两种颜色共同表达情感意义时，时而需要"夫唱妇随"，时而需要综合互补。

蓝＋紫红

蓝＋紫

蓝＋孔雀绿

蓝＋玫红

蓝＋粉

蓝＋青绿

蓝＋蓝紫

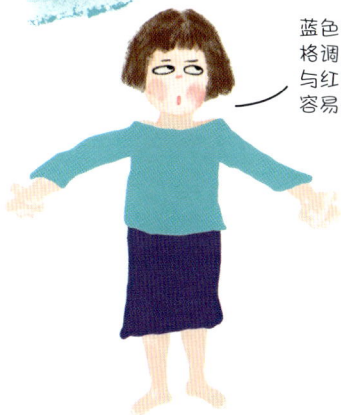

蓝色与其邻近色的搭配会保持蓝色原本的清爽格调，与对比色搭配会形成较大的色彩反差，与红色搭配时需要注意，搭配冷色调的红色更容易出彩！

蓝＋黄

黄色的配色组合

　　想要改变色彩组合的情感表达,除了可以变换搭档,还可以通过颜色自身的明度、饱和度的高低变化营造不一样的搭配效果。例如有彩色中明度最高的黄色,跳跃且活泼的色彩表达是常态,但是降低黄色的明度与饱和度,也可以营造出温文尔雅的低调感。如果把黄色运用在暖色调颜色的搭配中,就很容易打造出暖阳般的柔美形象。

红 橙红 橙 橙黄 黄 黄绿 绿

温暖的我们

活泼的我

文雅的我们

降低饱和度

提高明度

蓝绿 蓝 蓝紫 紫 紫红

+

黄

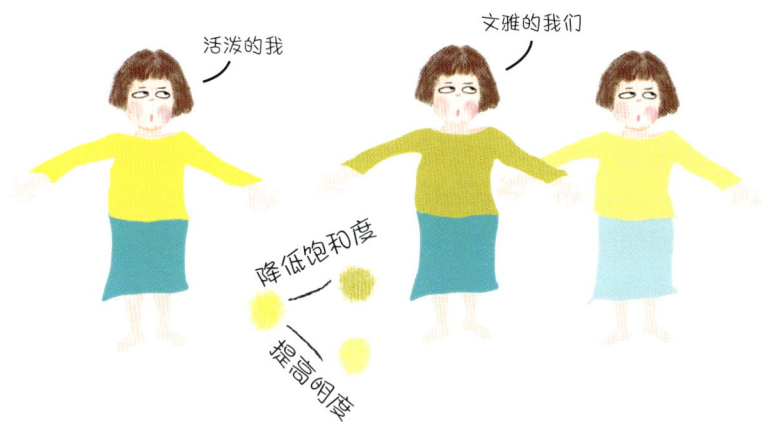

黄色与其邻近色的搭配会更好地营造出暖调的亲切感，而与其对比色的搭配更能打造出抢眼的反差效果，通常搭配低饱和度或高明度的黄色更能塑造雅致低调的形象。

"抢眼"的我们

黑、白、灰的配色组合

　　无彩色因很多时候都会被人们认为是"百搭色"，而被忽略配色技巧。虽然无彩色相对其他颜色来说配色会容易些，但是它们也不是搭配什么颜色都会好看。通常来说，无彩色搭配饱和度高的颜色更好看，相比之下，与低饱和度颜色的搭配效果会逊色不少。虽然无彩色在理论上并不分冷暖色调，但是在现实应用中也会有一些冷暖色调的场景应用。例如白色系里带黄色底调的奶油白和乳白，它们和暖色调的颜色搭配更好看，而白色系里自带"青光"的冷白和本白色则与冷色调的颜色搭配更和谐。一般在蓝、紫色相中提取的灰色更接近大家日常认知的灰，这种灰比较适合冷色调的人使用，和冷色调的颜色搭配更容易出彩；而在红、黄色相里提取的暖灰色更偏暖色调，更适合提供给暖色调人使用，并且和暖色调的颜色搭配更容易有好效果。无彩色和有彩色有着相同的配色原则，深浅比较接近的颜色比较容易搭配出好的配色效果。当然，不同颜色的配色还是需要具体颜色具体分析，希望本章节的配色组合可以"抛砖引玉"，为大家打开更多的配色思路。

无彩色和饱和度高的颜色搭配会更出彩！

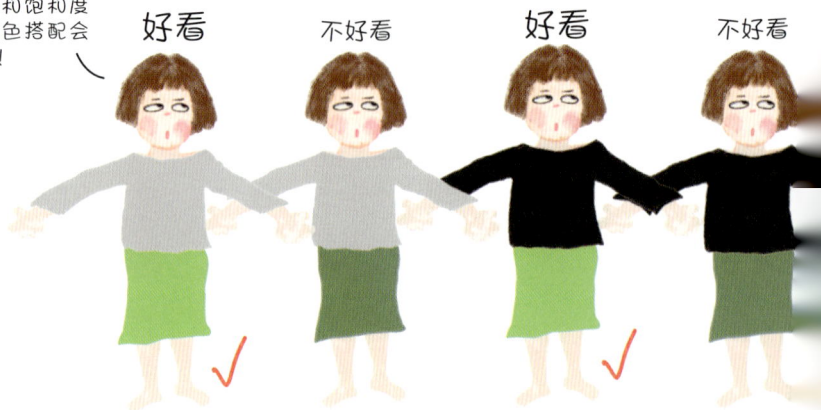

好看　　　不好看　　　好看　　　不好看

冷灰搭配冷色调的颜色，暖灰搭配暖色调的颜色，果然容易搭配出好效果！

暖灰　　　冷灰

灰色配色搭档中最能表现时尚感的莫过于粉色和黄色，此处应该有笔记！

我们现在就是那"灰界"传说中的"时尚女魔头"吧！

好看　　　不好看

应用——穿对的颜色，去对的地方！

05

穿衣用色
场景的那些事儿

不同季节应该如何穿衣用色

　　在用色习惯上，大家常常会认为冬要穿深色，夏要穿浅色，春要亮丽明媚，秋要丰盈温暖。其实这些习惯都是季节变化带给我们的心理变化，并没有限制我们"什么季节必须穿什么颜色"，生活中的环境色彩一直默默地左右着人们的心理感受。人们往往会受当季流行色所影响，每季推出的时装新色，大多都会结合人们对应季节的心理变化，这也是为什么春夏秋冬的服饰大都选取大自然中四季的自然色了。这种顺势而为的"引流"，也让大众不自觉地形成了不成文的"习惯"，再加上人们对事物的判定往往也会被惯有的认知所影响，因此似乎就形成了当季就是要穿当季流行色的观念。甚至有时你会发现，在某些颜色盛行的季节，你可能几乎找不到流行色以外的其它颜色，这也是所谓"流行"色的控市时刻，所以在这种影响下，更要学会科学地选色，才会让我们的春夏秋冬有属于我们自己的颜色。穿衣选色要学会在流行色和适合的颜色中取重叠色，也就是具备"适合"和"当季"两个条件的颜色才是我们的最佳选择，同时也要学会提前"囤色"，不盲目追寻当季流行，在适合自己颜色的流行之季多做选择，对于不适合的流行色学会主动放弃。下面让"小人儿们"为大家展示不同类型的人该如何应对各自的春夏秋冬，希望他们的"时装秀"可以很好地启发大家如何用色。

这个人是冷色型人哦!

听说这个冬天流行紫色哦!

冷色型人应该穿蓝色和紫色的吧!

季节习惯用色

适合的颜色

取色区

当季流行色

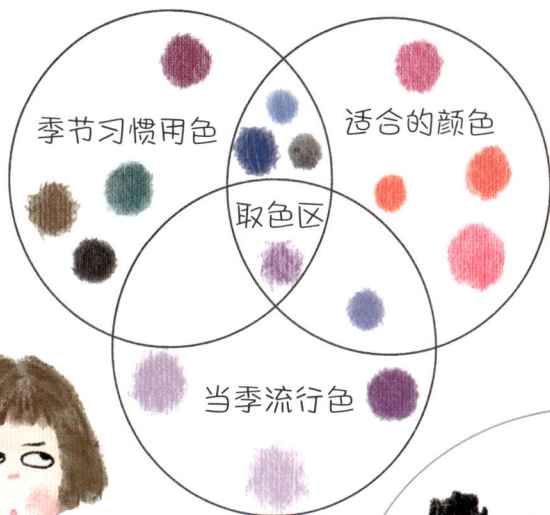

那这样说来,你可以选择穿紫色!

哦哦!那就选紫色!

嗯? 快到冬天了, 我该穿什么颜色好啊?

我们穿衣选色要考虑环境色和流行色, 最后还要结合我们各自适合的颜色!

深色型人的春夏秋冬

春季用色

凤尾草绿
长春花蓝
樱草黄
紫色
中国蓝
甜粉
浅水蓝
蛋青色
象牙色
铅锡色
松石绿
深凫色
樱桃色

深冷型

夏季用色

柠檬黄
正蓝
紫罗兰色
粉蓝
翠绿
天蓝
青椒色
倒挂金钟紫
矢车菊蓝
猩红
亮粉

深冷型

秋季用色

皇家紫

鸮色

菩提绿

森林绿

梅紫

黑棕色

灰褐色

勃艮第酒红

翡翠松石绿

浅鸮色

巧克力色

苔绿

南蛇藤红

深暖型

冬季用色

正红

茄紫

松绿

洋李紫

炭灰色

鲜红

黑色

正绿

深海军蓝

木莓红

皇家蓝

深冷型

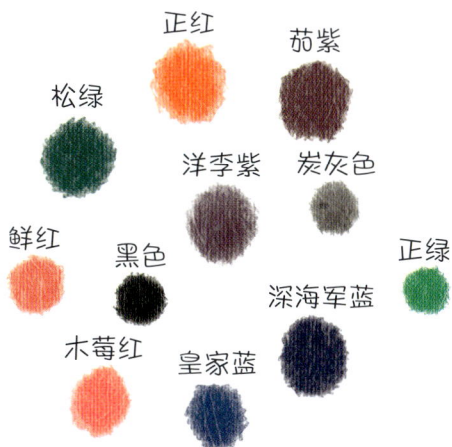

浅色型人的春夏秋冬

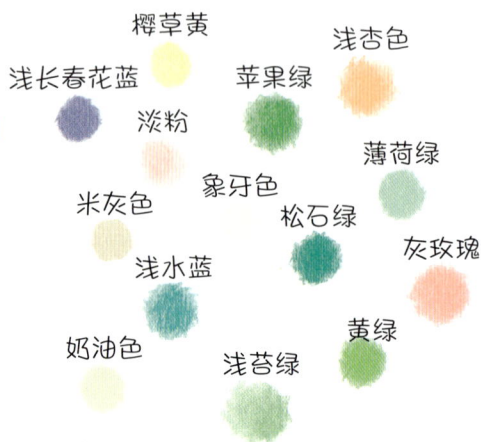

春季用色

樱草黄

浅杏色

浅长春花蓝　苹果绿

淡粉

薄荷绿

米灰色　象牙色

松石绿

灰玫瑰

浅水蓝

奶油色　黄绿

浅苔绿

浅暖型

夏季用色

水晶蓝　亮粉　冰灰

兰花紫

紫罗兰　浅灰

海绿

铃兰色　天蓝

柔倒挂金钟紫

雾粉

玫瑰粉

浅冷型

秋季用色

鼠尾草绿　　　　灰褐色
珊瑚粉　　水晶紫
亮鲑肉色　　肉桂紫　西瓜红
浅金色　　桃色　　浅桃色
凫色　　　　　正黄
乳黄

浅冷型

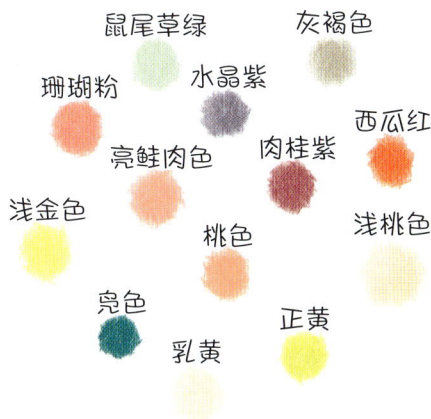

冬季用色

孔雀绿　　　　天竺葵红
矢车菊蓝　　浅海军蓝
中灰　　可可色　石青色
紫色　　玫瑰红
天青蓝　浅凫色
冰粉　　　　　玫瑰棕
铅锡色
薰衣草紫　　　冰紫

浅暖型

冷色型人的春夏秋冬

冷亮型

春季用色

浅水蓝　浅长春花蓝　灰褐色
热粉
蓝绿　粉米色
粉蓝　　　中灰
甜粉　　　青椒色
蛋青色　　浅凫色
矢车菊蓝

冷柔型

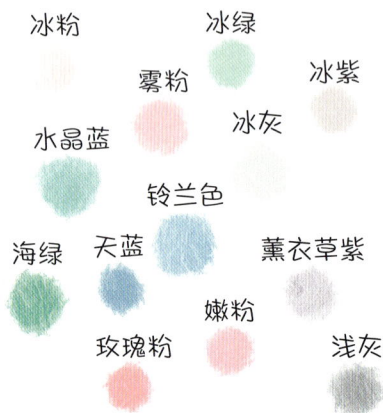

夏季用色

冰粉　　冰绿
　　雾粉　　冰紫
水晶蓝　　冰灰
　　铃兰色
海绿　天蓝　　薰衣草紫
　　　　嫩粉
玫瑰粉　　　浅灰

166

秋季用色

蓝红

柔倒挂金钟紫

亮色

松绿

云杉绿

深海军蓝

肉桂紫

宝石蓝

水晶紫

兰花紫

正绿

铅锡色

冷柔型

冬季用色

长春花蓝

梅紫

紫罗兰色

木莓红

炭灰色

樱桃色

倒挂金钟紫

玫瑰红

皇家蓝

紫色

深亮色

亮长春花蓝

黑色

冷亮型

暖色型人的春夏秋冬

春季用色

正黄　黄绿　西瓜红
珊瑚色
鲜绿　　浅桃色
桃色
浅金色
奶油色　　珊瑚粉
浅苔绿
天青蓝

暖亮型

夏季用色

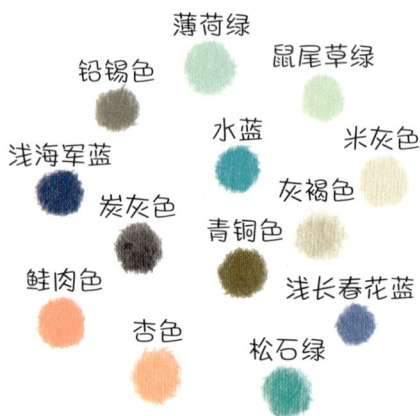

薄荷绿
铅锡色　　鼠尾草绿
水蓝　　米灰色
浅海军蓝　　灰褐色
炭灰色　　青铜色
鲑肉色　　浅长春花蓝
杏色　　松石绿

暖柔型

秋季用色

鲑肉粉　琥珀色　芥末黄

驼色

南瓜色　菩提绿　金棕色

橄榄绿　番茄红　冬青绿

咖啡棕　紫色　铁锈红

暖亮型

冬季用色

黑棕色　红棕色

橘红

南蛇藤红　正红

麦色

红橘色

赤褐色　鲜黄

苔绿　巧克力色

暖柔型

净色型人的春夏秋冬

春季用色

浅水蓝
米灰色
象牙色
奶油色
柠檬黄
苹果绿
蛋青色
浅杏色
黄绿
浅桃色
亮鲑肉色
浅金色
灰褐色

净暖型

夏季用色

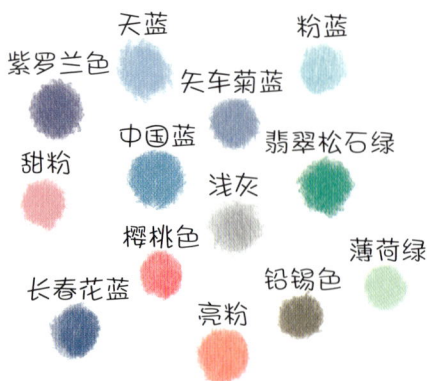

天蓝
粉蓝
紫罗兰色
矢车菊蓝
中国蓝
翡翠松石绿
甜粉
浅灰
樱桃色
薄荷绿
长春花蓝
铅锡色
亮粉

净冷型

秋季用色

深黛色
鲜绿
正红
西瓜红
桃色
珊瑚粉
青椒色
巧克力色
浅苔绿
正绿
正黄
正蓝
黑棕色

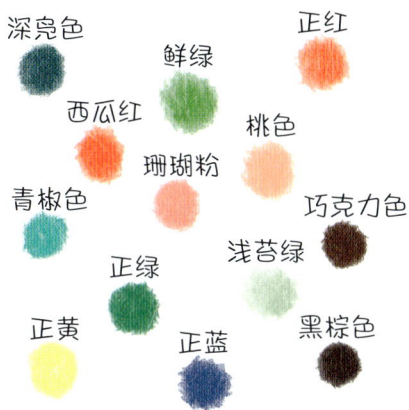

净暖型

冬季用色

梅紫
倒挂金钟紫
木莓红
浅黛色
皇家蓝
翠绿
天青蓝
鲜红
猩红
炭灰
紫色
深海军蓝
黑色

净冷型

柔色型人的春夏秋冬

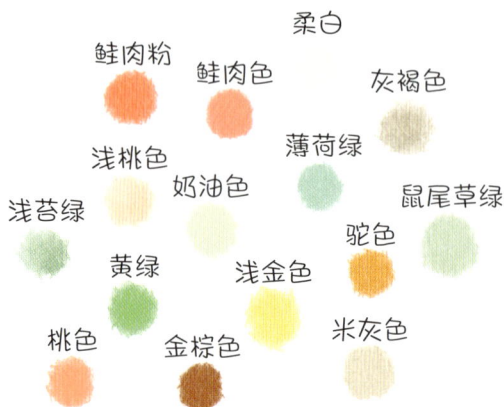

春季用色

柔白

鲑肉粉　鲑肉色　　　　　灰褐色

　　　　　　　　薄荷绿

浅桃色　奶油色　　　　　　鼠尾草绿

浅苔绿　　　　　　　　驼色

　　黄绿　　浅金色　　米灰色

桃色　　金棕色

柔暖型

夏季用色

冰灰　冰粉　贝壳粉

雾粉　铃兰　水晶蓝　冰紫

　　　柔倒挂金钟紫　　薰衣草紫

　　　　　海绿

水晶紫　　　玫瑰红

　　兰花紫

柔冷型

172

秋季用色

灰绿
马鞭草绿
米色
铁锈红
巧克力色
翡翠松石绿
天蓝
浅长春花蓝
橄榄绿
宝石蓝
松石绿

柔暖型

冬季用色

洋李紫
绿玉色
柔紫罗兰
天竺葵红
紫色
云杉绿
猩红
亮粉
浅海军蓝
炭灰蓝
炭灰色
亮色
铅锡色
玫瑰棕

柔冷型

不同场合如何正确用色

穿对的颜色去对的地方

　　颜色除了需要匹配适合的人，还需要出现在对的地方。场合着装一般称为 T.P.O[Time（时间）、Place（地点）、Occasion（场合）]，是早期由西方人提出的穿衣原则，指依据不同的场合着装规则进行服饰搭配，告诉人们在着装时要考虑时间、地点、场合这三个要素。日常工作中的场合用色知识还是很需要普及的，对场合颜色应用的转换边界，大多数人处于模糊状态，为了更好地应对场合用色，我们先来梳理一下日常生活中经常经历的场合，基本分为以下三种：职业场合、社交场合、休闲场合。不同场合会有各自穿衣严谨度的需求，需要严谨度最高的是职业场合，因为它是工作场合，需要表达一定的职业性，所以用色需要表达正式、稳重、大方的特性；其次是社交场合，因为它是交流场合，需要用色得体，让双方舒适，所以用色需要表达轻松、端庄、随和的特性，必要时要突出自我；严谨度需求最低的是休闲场合，它相对私人化，虽没有过多约束，但想合适地营造休闲意境，也需轻松、活泼、随意的用色表达。就颜色来说，颜色越不鲜艳严谨度越高，颜色越鲜艳严谨度越低，颜色越深越有职业感，颜色越浅越有轻松感，将这个颜色表达规律直接与场合严谨度一一连线，穿对的颜色去对的地方就易如反掌了。

我有一个好指南，拿去，不谢！

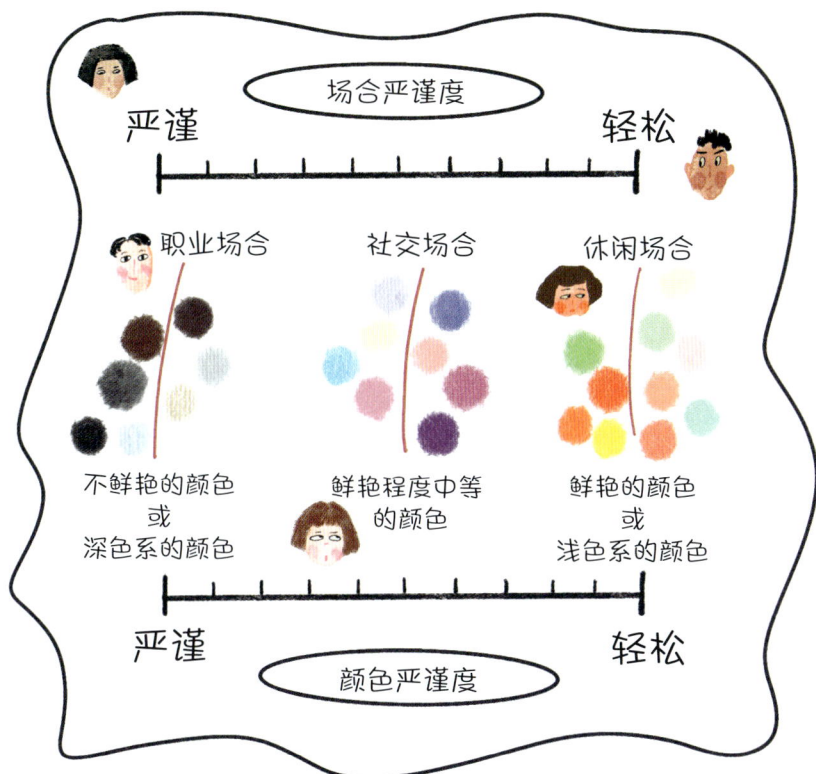

场合严谨度

严谨 —————————————— 轻松

职业场合　　　　社交场合　　　　休闲场合

不鲜艳的颜色　　　鲜艳程度中等　　　鲜艳的颜色
或　　　　　　　的颜色　　　　　　或
深色系的颜色　　　　　　　　　　浅色系的颜色

严谨 —————————————— 轻松

颜色严谨度

这样看来，场合用色也不是很难！

你的职业等于你的用色——职业场合的用色

职业用色虽需要严谨，但不同职业需要的严谨程度有所不同，用色也会有所不同。职业按严谨程度可分为：严谨职业、普通职业、自由职业。要想让职业用色表达得恰到好处，那就需要懂得按不同严谨度调整颜色的配比，让它们可以更适合你的职场。

严谨职业装的配色比例通常以 90% 的中性色搭配 10% 的跳色为佳。严谨职业如医生、律师、老师、公务员以及企事业单位员工等，其职业形象要求端庄大方、规范榜样化，该类人群用色需要体现严谨、朴素、正式、稳重的特质。

普通职业装的配色比例通常以 60% 的中性色搭配 40% 的跳色为佳。普通职业如公司文员、会计、计算机网络程序员等，没有特殊化职业着装要求，这类人群的职业用色一般只要求得体不另类、朴素不失职业性即可。

自由职业装的配色比例通常比较自由。自由职业通常指个体自主经营者，这类人群日常工作着装没有特定要求，自己说了算，他们的职业装可以是任意比例的配色搭配，这里暂且用 10% 的中性色搭配 90% 的跳色来举例，希望可以将自由职业装用色随意的这个特点传递给大家。日常生活中自由职业装的跳色占比可以是 100%，也可以是 0，个性化永远是属于自由职业装的。当然，如果可以将职业身份表达恰当，自由职业也能更好地被大众了解。

这里的中性色指的是日常大家认为的黑色、白色、灰色，以及米色和咖啡色系的颜色，跳色则是大家日常认为的鲜艳抢眼的颜色，如果记不住百分比，那就记住跳色占比往往和严谨度成反比的规律。

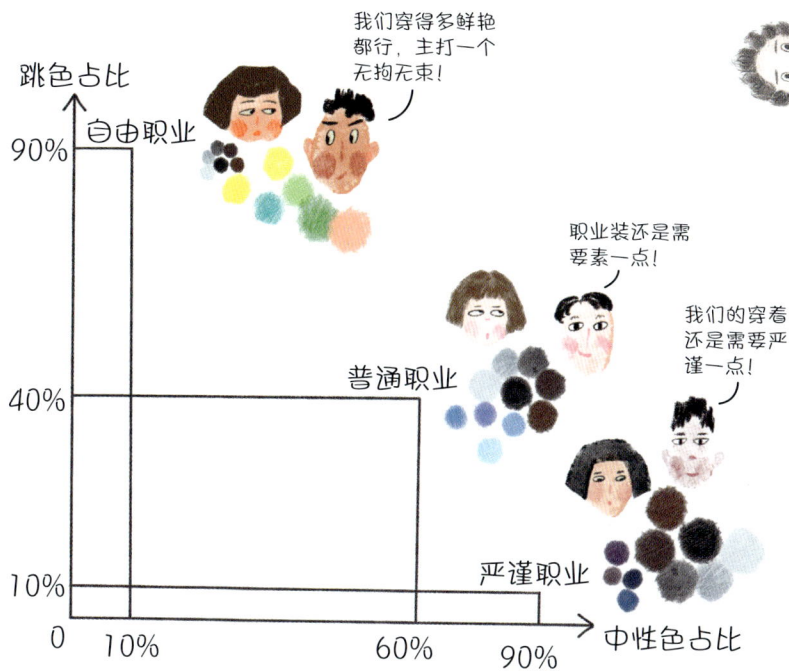

跳色占比

我们穿得多鲜艳都行，主打一个无拘无束！

90% 自由职业

职业装还是需要素一点！

我们的穿着还是需要严谨一点！

普通职业

40%

严谨职业

10%

0 10% 60% 90% 中性色占比

颜色是便利的社交工具——社交场合的用色

　　社交场合是我们生活中必不可少的，有一部分人之所以"社恐"，恐怕是因为"不知道穿什么合适"吧。社交场合穿好颜色尤为重要，颜色有着影响心理的特性，作用是双向的，在影响我们自己心情的同时，它也向他人透露着我们的信息。色彩无声胜有声的表达是很有效的社交利器，在社交场合有意识地选择穿衣颜色，就意味着掌握了传递的主导权。这里就需要我们知道颜色包含的信息，色彩通过自身饱和度、冷暖调、明度的变化表达着不同的情感，这里画一张色彩情感图给大家参考，社交时不妨对照一下颜色的情感表达倾向来选择合适的服装颜色。

浅

可爱  (显轻

休闲

年
轻
↑

活力

 正式

暖

温暖

复古

↓

成
熟

古典

浓

(显

清新

清爽

干练

冷

尚

现代

浪漫　　　稳重

随便时也不能随便穿——休闲场合的用色

如果你以为休闲场合就可以随便穿，那就大错特错了。休闲场合更能看出一个人的生活品质，因此越是"随便"的时候越不能随便穿。休闲场合整体用色要有轻浅度，浅色会比深色更能表达轻松感，哪怕你是深色型人也要记住休闲场合的"轻浅"应用。

除了整体轻松感的表达，搭配的艳丽程度也尤为重要。休闲场合会有很多种活动场景，艳色搭配比例往往和活动动作大小成正比，动作越大的活动着装可以越鲜艳，户外活动会比室内活动更适合大面积艳丽的搭配。逛街、吃饭、聊天等动作相对少的休闲活动，着装上的艳色占比可以控制在30%～50%；而户外运动、爬山、骑行、排球、羽毛球、网球等动作大的休闲活动，着装上的艳色占比可以在50%以上；100%整身的艳色更适合正式的运动场合。

休闲"随意"中的"不随便"才是高段位。这里再次提醒大家，适用和可用的颜色交集才是最佳的选色区域。

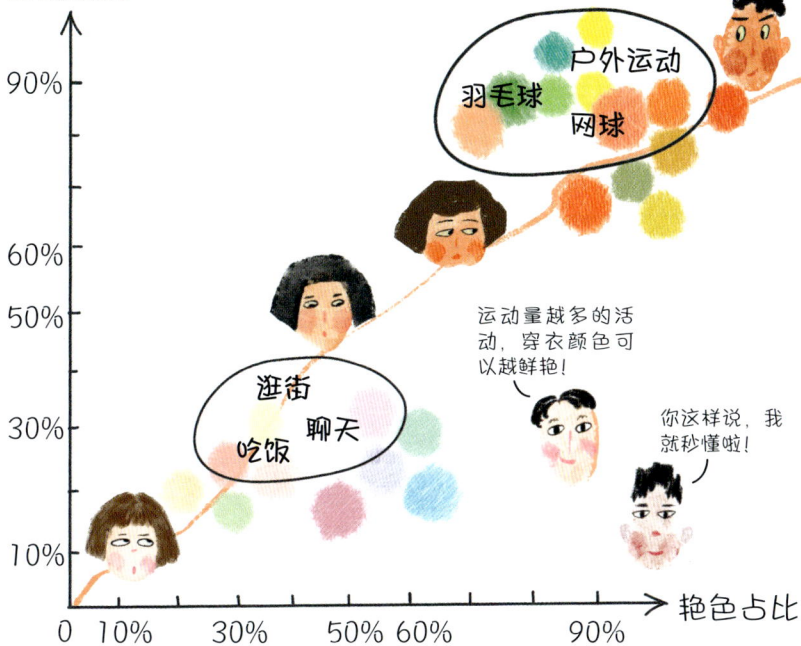

运动强度

90%

户外运动

羽毛球

网球

60%

50%

运动量越多的活动，穿衣颜色可以越鲜艳！

逛街

聊天

吃饭

30%

你这样说，我就秒懂啦！

10%

艳色占比

0 10%   30%   50% 60%   90%

183

✿✿✿ 巧用色彩心理战术，永远事半功倍

　　颜色既然可以影响我们的心理感受，那就来巧用这个特性吧！让我们在最适合的时候使用最适合的颜色。

强心剂——红色

红色象征着力量、热情、欲望，它涉足各种热烈的场面，从"鲜血"到"火焰"，再到"战斗"，它代表的场景往往令人兴奋，在它的影响下人们总会激动不已。红色具备很强的号召力，醒目的特性让它有着强烈的刺激性，人们看到红色会血压上升，心跳加速，荷尔蒙分泌也会加速，因此把它作为我们的强心剂再合适不过了。红色带来的亢奋感可以在需要鼓舞斗志的时候给予我们振奋的力量，正如在运动场上穿着红色，激发自身斗志的同时也可以威慑对手一样。红色还可以增强自信心，在产生消极情绪或缺乏勇气时，不妨穿一些红色的衣服来振奋精神，一定会取得意想不到的效果。红色具有较强的"进取力"，可以很好地刺激购买欲，销售谈判时不妨多用红色，有助于提高销售业绩，百货大楼每逢打折季的红色布置，是不是会让你抵御不住"买买买"的诱惑呢？那都是商家的"老谋深算"，环境色彩从来都不是随便布置的，下次记得好好利用红色心理战术为自己争取更好的成绩吧！

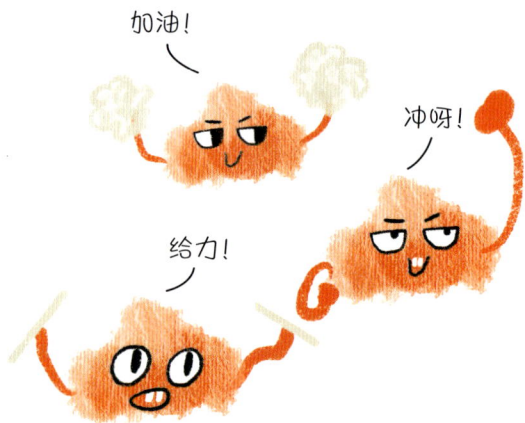

果然穿上红色信心倍增呀！

镇静剂——蓝色

和红色的振奋人心刚好相反，蓝色是一种很好的"降压药"。色彩心理学有一个名为"红房子和蓝房子"的有趣实验，测试者在红房子和蓝房子里分别停留一段时间，结果红房子里的测试者很快就心跳加快、血压增高，而且都会有不同程度的情绪烦躁和反应迟钝的现象；而在蓝房子的测试者体征一切很平稳，心情平静且头脑清晰，整个人的状态也是比较冷静的。停留时间相同的情况下，红房子比蓝房子里的测试者感受到的停留时间更长。这个实验让我们更加清楚了蓝色的"安神降压"之效，它完全可以帮助我们舒缓情绪。在需要清晰判断力或需要集中精力的场合，蓝色总能帮我们保持更加果断冷静且注意力更集中的状态，因此在签约、谈判、科研、会议、学习等场合，常常都会有蓝色的"身影"，它是我们绝佳的镇静剂。

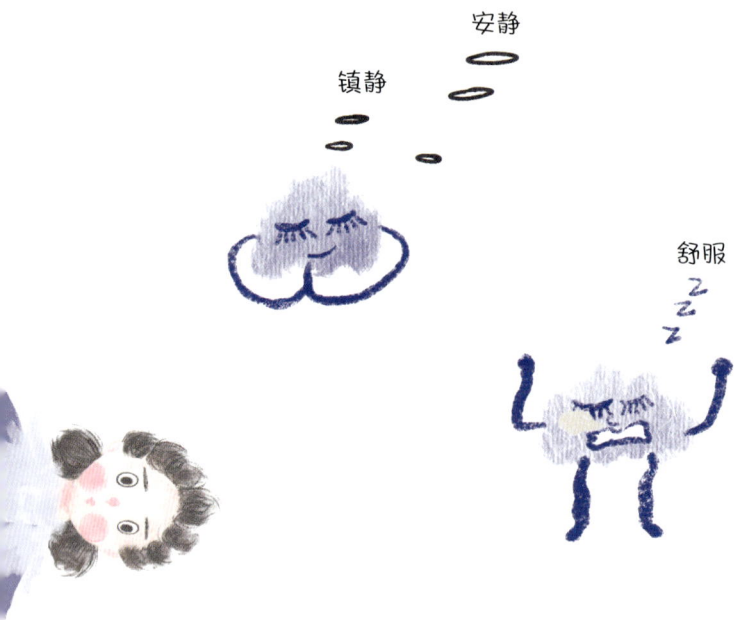

安静

镇静

舒服

舒缓达人——绿色

　　绿色可以帮助稳定血压，避免过激的情绪，对于处理投诉以及"说教"的工作来说，绿色绝对是"舒缓达人"，既可以缓和说教人的情绪，同时也可以舒缓被说教人的心情。绿色对我们的神经系统有镇痛、镇静的作用，可以缓解我们的紧张情绪，并协助我们冷静地应对紧张局面。绿色可以稳定我们身体的机能，在有绿色的环境下人不容易急躁，参加长时间的会议时，可以考虑搭配绿色服装，缩短心理时长。绿色的放松特质可以增加他人接受我们提议的概率，在劝谏他人或与别人谈判时，也可以利用绿色的舒缓功能来提高成功率。绿色自带的轻松感可以使大脑放松，自然促进创意迸发，需要灵感创作的场合也适合用绿色加持。绿色的平和可以激发更强的思维力和专注力，因此学习空间和工作空间用绿色装点，也会有利于提高学生的学习力和工作人员的生产力。休闲场合使用绿色也是很不错的选择，要说"舒缓达人"的称号还真的非绿色莫属。

心不动，万物皆不动……

放轻松，啥都不叫事儿！

一切都是浮云！

看到绿色，貌似真的轻松不少呢！

亲善大使——黄色

　　黄色的亲和力是与生俱来的，它绝对是色彩界的"交际花"选手。黄色会使我们的快感神经活跃度增加，从而容易产生愉快的感受。黄色还能拉近我们与陌生人的心理距离，便于创建良好的交谈氛围。在需要示弱的时候可以穿黄色，利用黄色的亲切特性赢得陌生人的喜爱。相亲的场合不用多说了吧，只要"适用色卡"上有黄色就快点安排上，哪怕很少的黄色元素也会起到亲善的作用。给性格内向沉闷的人开"交友处方"时，我常会建议他们点缀些许黄色，"亲善大使"般的黄色可以帮助他们减少严肃感，让他们看起来更加容易交往。因此希望与人打交道，并有良好合作愿望的时候可以多使用黄色。

欢迎！欢迎！热烈欢迎！

啦啦啦！

黄色可以让我变得更亲切！

恋爱的颜色——粉色、紫色

你对"粉水晶的爱情能量"是不是也早有耳闻？相传戴上粉水晶有助于早日被丘比特之箭射中，紫水晶也有忠贞爱情的寓意。无论是心理暗示还是确有其事，营造浪漫的绝佳颜色莫过于粉色和紫色，它们是约会场合的完美搭档，在增加浪漫气息的同时，还可以体现女性独有的温柔。强悍的"女汉子"约会时可以通过粉色装扮来增加温柔气质，说不定就是因为那一抹粉色才能"千里姻缘一线牵"。

粉色可以促进荷尔蒙的分泌，增加我们身体机能的活力，是可以让我们"逆生长"的颜色，就像能让我们"返老还童"的灵丹妙药，因此常看粉色可以常保年轻。想要拥有像在热恋时一样的好状态，不妨多看粉色，常在多用粉色布置的场所中也会有神奇的驻颜功效。当然这绝不是女士的专利，男士在装扮中也可以用粉色或紫色稍做点缀，来改善自己的"粗糙"形象。不过男士最好在内心完全接受的情况下再使用这类颜色，如果是完全违背心意的选择，基本上都无法与人很好地融合，这也许就是色彩心理学的神奇之处。

恋爱的味道……

驻颜有术！

力量之神——黑色

　　喜欢什么颜色就会有什么样的心境，色彩与我们是息息相关的，它反映着我们的内心，我们反映着它的能量。工作中来求"加磁"的案例还真不少，大家也许想象不到，"显年轻"也有成为烦恼的时候。有人天生样貌"稚嫩"，"显年轻"的气质总让他们被人忽视自身能力，无论他们的职位资格有多高，总让人觉得幼稚、不靠谱，这成了他们最大的困扰，"显成熟"也就成了他们梦寐以求的事。多用黑色是解决"柔弱"外表的利器，黑色是力量之神，是可将外观弱势转为强势的有效手段。穿上黑色会让你更显威严、气场强大，给下属下达的指令更有效力。在不想示弱的谈判场合我们也可以穿上黑色，当然，对于想要有缓解余地的商谈就不要全身黑色了。此外，黑色的压迫感会给对方警惕的信号，提前有准备的对手恐怕就不好应对了，力量还是需要用在刀刃上。

赐予你力量！

今天我一定霸气十足！

隐蔽高手——灰色

不知道大家有没有留意到，很多办公场所都会选用灰色作为主要的环境色。原因在于灰色有"抑制"自我的功效，可以克制个人主张，让工作变得更加专注和服从，从而有利于工作效率的提高。高效的工作状态可是 BOSS（老板）们喜闻乐见的事，所以灰色在公共办公场所也就成了常客，职场环境应用灰色基本不用担心出错。

灰色没有彰显存在感的饱和度，这一特性让它成了"隐身高手"，尤其适合用在表达歉意的场合。身着浅灰时的道歉效果比深灰更加有效，因为大多数人都比较容易怜弱，而浅灰与深灰相比，有更强的示弱效果，会让人在众目睽睽之下"隐藏"自我，不彰显个性，这也不失为一种社交策略。这个可以被"忽略"的特性，用在特定场合也许会协助我们提升业绩，店铺柜台工作人员的工作服很少以鲜艳的颜色示人就是很好的说明。黑色和灰色都可以很好地"隐藏"自我，有了隐蔽色的庇护，可以让来店顾客更多地关注商品，而忽略销售人员的穿着打扮，甚至样貌。

我们灰色自带隐蔽屏障！

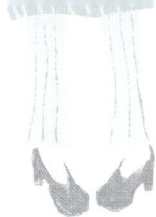

穿了灰色，应该不会有人注意
我了吧！

无论是为了穿衣用色的好
看，还是为了场合用色的
合理，可以自如驾驭颜色
是我们的最终目的，恰如
其分地使用颜色往往可以
让我们事半功倍。

敲黑板

快问快答

什么是色彩测试?

　　色彩测试是专业系统里利用特定的比对色布筛选每个人适合色彩范围的过程,可以简单理解为类似"体检"的过程。经过筛选比对各种色彩对个体的影响,可以在短时间内知道自己对各种颜色的适用度,从而快速直接地了解适合自己的色彩范围。

色彩测试和色彩分析的区别是什么?

　　色彩测试可以让我们快速得到适合颜色的范围;而色彩分析是将适合范围中的所有颜色再做个体比对,进行二次精选,最终达到优中选优的结果。经验丰富的顾问还可以在色彩分析中给出适合个体的搭配对比适用度。有时,适用度是整个适合范畴应用的灵魂。

四季色彩理论和十二季色彩理论的区别是什么?

　　色彩理论有很多种,不同体系会有不同的称呼。最常听到的四季色彩理论和十二季色彩理论是早期就有的分类,两者的区别主要体现在分类逻辑和测试步骤上。它们是两个不同细分功能的体系,如果说四季色彩理论是在众多水果中筛选出苹果这一个对我们身体最有益水果的体系,那十二季色彩理论就是可以为我们更深入挖掘究竟是红苹果、青苹果还是黄苹果更适合我们个体营养吸收的体系。

　　早期的四季色彩理论在细分上针对性较弱,但随着市场不断发展,近期四季色彩理论也逐步加强了分类细致化的技术,但由于其和十二季色彩理论在市场上的竞争关系,因此两者架构不太会朝着合并统一的方向发展,所以各自在模块设置架构上还是分别保持着各自独有的设置思维。两者在分类逻辑上的区别主要体现在:四季色彩理论的理论讲解会更偏三维角度,而十二季色彩理论的讲解更偏平面解析，简单来说就是一个将体系设置在空间里多维讲解，一个将体系设定在平面里平铺直叙。空间多维比平铺直叙所需的理解能力要高，因此学习四季色彩理论产生概念混淆的概率会更高。两者在色彩测试上的区别主要体现在测试步骤思路的设置上——四季色彩理论的色彩测试通常会先二选一后再做后续的细分排查，初期的筛选点设置少，比较容易产生漏查点；而十二季色彩理论的色彩测试往往会从色彩三大特性与六大色彩关系开始共同筛查，初选标的比较全面，相对不容易产生漏查，因此四季色彩理论测试出的结果有时会有范围锁定不清晰的缺陷。

当然，无论哪个色彩理论只要使用得当，都是普通人快速得知自己适合颜色范畴的好方法，有时技术的效果也会受应用者对技术的理解以及各种案例因人而异的灵活处理和经验影响。这里也需要知晓无论是四季色彩理论还是十二季色彩理论，最终的验证手段是看能否将人打扮得好看。

色彩测试的结果是可以一辈子不变的吗？

虽然有些广告词说"色彩测试的结果是可以一辈子不变的"，但是就实际情况而言，人们随着年龄增长，容貌细节多少都会有变化，变化幅度会因人而异，所以在颜色适用度上每个人也是会随着自身的变化而变化的。一般来说，一个人在样貌没有特别重大改变时是不大会改变固有色特征的色彩关系的，色彩测试给出的适合颜色范畴大概率不会有翻天覆地的改变，一般也只是在之前的用色范围上略微调整，所以色彩测试的结果一般维持的应用时间是比较长久的。岁月带来的样貌变化，一般可以利用色彩分析阶段性调整来得到更好的应用效果，正如体检也是对身体进行阶段性健康状况评估，而不能一辈子就检测一次一样，不断动态调整维持健康状态的检测还是必要的，色彩测试也是同理。当然，如果容貌发生巨大变化，色彩应用范畴也许会跨范围，但跨度一般也大多限于与原范围相近的种类，如果对技术理解够深刻的话，就会发现曾经的色彩测试的范畴也不太会影响使用。

日常化妆还需要色彩测试吗？

正规的色彩测试是需要卸妆的，不带妆测试的目的是在整个测试过程中更好地观测固有色特征在不同测试布下的变化情况。化妆可以在一定程度上掩盖我们的样貌瑕疵，但是对于用色适用度通常帮助不会很大，这也就是为什么同一个唇膏色并不是所有人涂了都会好看。很多时候妆面好看与否除了化妆技术，个体对颜色的适用度也在起作用，有些化妆品的颜色可以令我们好看，有些却会使我们很难看，这些都和我们用色适用度有关。所以卸妆后再做的色彩测试，其结果更为真实，这也是日后选用合适化妆品颜色的一个技术保障。当然在摄影棚里化妆需要另当别论，摄影棚里的妆面大多时候是为了拍摄效果设计的，用色适合度通过照片的显现效果是完全可以有一定跨度的，使用不适合的颜色拍照，如果风格到位，一般不是专业人士，并不能通过照片看出太大的瑕疵。

色彩测试是不是束缚了我们对色彩的选择范围？

对色彩测试并不是很了解的时候也许都会有这种疑问，认为色彩测试只给出某些颜色以供选择，担心用色范围被局限。首先要明确，对于色彩测试的结果，我们需要关注的并不只是色卡里的颜色案例，更多的应该是色彩测试给我们的适合用色的逻辑，我们最需要从色彩测试中获取的是应该重点使用颜色的哪种色彩特征；其次需要明确，使用颜色并不是越多越好，而是越适合越好，缩小寻觅颜色的范围本就是色彩测试的意义，所以这里的"缩小"应该被更广义地理解，况且色彩测试给出的色彩组合一般都会尽可能地顾及各个色相设置，相对比较全面。正确应用色彩测试结果，只会让我们选色思维更加明确，选色范围更为宽广，哪怕遇到不合适的颜色，都可以很好地应用技术搭配成适合的颜色组合来应用。如果知道了原理还觉得限制，那就需要考量自己的技术能力是不是还未到娴熟的阶段了。

后记

色彩与风格

　　阅读完本书肯定会有人发出灵魂拷问："穿衣好看只看色彩吗？"答案当然是否定的。除了色彩，风格也是穿衣好看不可缺少的重要因素，只是专业上所说的风格和大家日常说的"慵懒风格""朋克风格""优雅风格"等并不是同一个概念。日常所说的风格，很多时候指的是某一个定格造型的状态，而专业领域所说的风格很多时候指的是营造造型众多元素的集合，将一切和"形"有关的内容都纳入风格板块。如果说衣服在普通人眼里只是衣服的话，那么在专业人士眼里，衣服除去颜色就是风格；普通人眼中衣服的区别大概就是这件衣服与那件衣服的区别，但是在专业人士眼中，衣服的区别很多时候就是众多不同元素——版型、图形、质地、编织密度等的"大比拼"；在普通人眼里"整装"的衣服在专业人士眼里却是"散装"的衣服"零件"，当然打散后整合的能力也是专业中风格执行结果好坏的关键。用不同的元素组合成适合不同人的搭配，也是专业技术为什么可以协助不同的人找到适合衣服的缘由。所以，在"人衣合一"的最佳状态中不可能只有色彩唱"独角戏"，肯定也有风格的"重头戏"。关于专业风格的内容三言两语肯定说不完，要系统地讲完，估计又得是一本书了……如果大家喜欢这本书的话，后续有机会再和大家分享有关风格的内容。

　　如果要简单说说风格的话，那还是可以和大家分享一个小故事的。最开始在为本书设计插图时，担心画面太复杂会耗时过多耽误交稿时间，所以就只打算用小人儿的头像来表达画面。但是随着小可爱们的诞生，我又不甘于小人儿们只有头像，觉得还是应该为他们设计些衣服；当着手为他们设计衣服时，却发现我并不能随心所欲地给他们"穿衣服"了，因为他们的"样貌"冥冥之中已经限定了他们的穿衣风格——还真是谁错穿了谁的衣服都不好看。为了小人儿们可以"人衣合一"，也为了自己不用重新画头像，小人儿们的衣服款式最终只能按照符合他们"长相"的各类款式"安装"了，这种凑巧的反向设计过程也让我感叹，原来风格的"匹配"不只限于"大活人"，画中的小人儿也同样被技术治愈着。仔细想想万物同理，有共性的物质搭配在一起才会好看，我们的长相与我们适合的衣服元素冥冥之中早有匹配，也算是又一次验证了风格技术的有效性。

更有趣的不光是风格，似乎还有写书这事儿。从业多年，陆陆续续也收到不少出版社编辑的约稿，除了成就了6年的报纸专栏，书就一直阴差阳错地各种错过。主要原因还是我懒，人在懒的时候理由也会很多，所以在这里也需要感谢本书的编辑高申，如果不是她阅读了我公众号大量文章的真诚打动了我，如果不是她觉得这些内容值得被输出成为出版物的鼓励鞭策着我，如果不是她认同我的插画创作理念，恐怕我八成又得懒得写。在这里感谢她，有她，这本书才能与大家见面。当然现在才写也不是坏事，起码现在的我比年轻时的我对技术的理解更加成熟，对技术的诠释也更加犀利透彻，在我职业生涯最好的时刻可以写成这本书，也算是在合适的时间做了一件对的事。

刚答应写书时信誓旦旦要写一个系列，说先写色彩再写其他，当真开始写才知道写书真是件苦差事。虽然写的都是每天授课时滔滔不绝所讲的内容，但是书面呈现还是需要逻辑叠加和浓缩精华的本事，灵感和挥洒自如的文字也不是可以在繁忙生活中随时出现的，前前后后历经了两年，一年写文字一年画插图，好在现在已经顺利完成。写作的两年中经历了很多事情，和大家一样度过了长期居家办公的日子，病前病后的文字怎么看都少了那种一气呵成的感觉，康复后的我干脆一不做二不休来了一次等于重写一遍的修改。我在写作的两年中也克服了很多困难，最刻骨铭心的是送走了我的狗狗可可，我想借此书纪念它，感谢它在病重的日子里虽然满身病痛也没有乱哼哼，只是乖巧地静躺在那儿，感谢它13年的陪伴。写作的两年也暂停了很多事情，在此感谢大家对我没有更新公众号和小红书答疑的所有耐心等候。当然这一切可以换来更多人收获美丽成长的喜悦也是一种愉悦的经历，如果大家阅读完本书可以有所收获，那就是我这些日子最大的收获。

沂清

2023 年 12 月